Paradise

멀고 먼 파라다이스

시와정신

Paradise
멀고 먼 파라다이스

김호길

시와정신

운명을 넘어서

내가 살아온 이야기를 하자면 먼저 운명이란 무엇인가 하는 물음을 스스로에게 던지게 된다. 인간에게는 과연 그의 삶을 지배하는 초자연적인 힘이 존재하는가. 아니면 자기 자신의 의지에 따라 운명은 바뀔 수 있는 것인가. 아직도 답은 모르지만 분명한 것은 내 의지와 상관없이 보이지 않는 어떤 힘에 의해 정해진 대로 살아왔다는 자각이다. 하늘을 날던 파일럿이 세상살이를 따라 뛰어다녀야 하는 신문기자가 된 것도, 그 뒤에 다시 땅을 가는 농부가 된 것도 다 운명이란 말이 아니면 어떻게 설명할 수 있는가.

운명은 자기가 만들어가는 것이 아닌가 싶다. 나를 되돌아봐도 그렇다. 돈키호테, 사무라이, 불도저, 도꼬다이 등 내 별명에서도 단서를 찾아볼 수 있듯이 생각을 깊게 하지 않고 행동부터 밀어붙이는 그 돌격대 성격이 늘 위험한 지경에 빠지게 했다. 잘 되면 장점도 될 수 있지만 때로는 되돌릴 수 없는 후회를 남긴다.

지금까지 만났던 대부분의 분들이 나에게는 결국 참 고마운 분들이었다. 제일 먼저 고마운 분들은 늘 힘든 노동을 견디며 가난해도 웃음을 잃지 않고 또 부자에 대해 적개심도 없는 그분들이 아닐까 싶다. 내가 왜 이런 일을 해 하는 심정은 그들에게 없다. 맡은 바 직분에 충실하고 잘 사는 분들이나 높은 분들에게 적개심이 없는 그들의 낙천적 성격이 오늘도 일을 계속하는 바탕이 되고 있다. 물론 38년간 내가 살아왔던 조국 그리고 오늘의 우리 가족이 삶의 터전이 되어 있고, 65세 이후는 꼬박꼬박 매달 연금을 보내주는 미연방정부도 나의 제2의 조국이 아닐 수 없다.

그렇다, 내가 잘나서 그렇게 되었고 그렇게 살고 있는 것이 아니라 주변의 모든 분들의 희생으로 오늘이 있다는 생각이다.

2025년 봄

김호길

● 차례

2부

3부

4부

자선시

자선시조

조부 시은당님(金周弘, 82세에 작고)　　처(박철자)와 모친님(李乙順, 84세에 작고)　　부친님(金宗洙, 간디스토마로 54세에

결혼식 사진-미국유학을 마치고 사천비행학교로 와서 곧 결혼　　　　두 아들과 함께

큰 아들집(딸2) 작은 아들집(딸1, 아들2)손자 손녀들 다 모였다　　　손주손녀들과 함께(둘째 아들집 1명이 빠졌다)

진주고 1학년 시절의 사진

월남전 UH-1D 헬리콥터 파일럿 시절

1970년 월남전 제11항공기동중대에서

51년 4월의 사천중학교 친구들(현재 3명 생존)

대한항공 파일럿 시절의 사진

멕시코 바하캘리포니아 라파스근교 농장에서

사 점보747 4번기 수령(대한항공 선임부기장 시절)

1981년 3월 미국 해운회사 지사장으로 출국(공항에서 선배동료들과 함께)

시조시인 추강 황희영 박사 가족으로부터 세계한민족문학상을 받다

백낙청 박사 문학강연이 로스앤젤레스에서 열리다

2018년 실크로드 돈황 천산산맥 (여행을 주관했던 최연홍 박사 작고)

2000년 로스앤젤레스 문학행사에서(조병화 시인, 고원 시인, 문인귀 시인은 ⋯

미주중앙일보 신춘문예심사를 마치고(수상자와 함께)

로스앤젤레스 문학행사에서(신세훈, 허영자, 구혜영시인고 ⋯

첫시집 하늘환상곡 출판기념회가 1975년 9월 신문회관에서 열리다

연변조선족 초청 행사를 마치고 백두산 천지못을 찾다
(백두 정관영 시인 동행함)

한국시조시인들이 로스앤젤레스를 방문하여 바닷가에서 행사를 가지다

나태주 시인이 로스앤젤레스를 방문하여 야유회를 가지다

1부

3만 달러가 전 재산인 처지에 마켓을 산다는 건 꿈도 못 꿀 일이었다. 단념할 생각을 하고 있는 참에 몬테리팍에 있는 미니마켓 하나가 내가 갖고 있던 돈과 맞았다. 주인을 찾아가 '가게를 하면 밥은 먹을 수 있느냐'고 물었더니 인상 좋은 아주머니가 "그럼요." 하는 거다. 그래서 이것저것 생각도 하지 않고 그 다음날 계약을 하고 말았다.

어쩌다 농부가 되다

　내가 살아온 이야기를 하자면 먼저 운명이란 무엇인가 하는 물음을 스스로에게 던지게 된다. 인간에게는 과연 그의 삶을 지배하는 초자연적인 힘이 존재하는가. 아니면 자기 자신의 의지에 따라 운명은 바뀔 수 있는 것인가. 아직도 답은 모르지만 분명한 것은 내 의지와 상관없이 보이지 않는 어떤 힘에 의해 정해진 대로 살아왔다는 자각이다. 하늘을 날던 파일럿이 세상살이를 따라 뛰어다녀야 하는 신문기자가 된 것도, 그 뒤에 다시 땅을 가는 농부가 된 것도 다 운명이란 말이 아니면 어떻게 설명할 수 있는가.

　미주중앙일보 입사 후 채 2년이 되지 않은 때였다. 신출내기 기자인 내게 농장을 하는 정용진 시인이 전화를 걸어왔다. 농장을 세놓고 싶으니 구매자를 찾는다는 광고를 무료 클래스파이드 난에 실어달라는 부탁이었다. "알겠습니다. 그런데 그건 바로 내가 하고 싶은 일인데요." 농 반 진담 반으로 대답을 하고 전화를 끊었다. 광고를 실어주고 그 일을 까맣게 잊고 있는데 며칠 후 정 시인에게서 다시 전화가 왔다. 농장을 하겠다는 사람이 나타나서 세를 놓아야겠는데 내가 맡아 하겠다면 우선권이 있으니 한번 구경 오라는 전화였다.

나는 그러겠다고 대답하고 방문할 날짜를 잡았다. 정 시인의 농장과 집은 로스앤젤레스 한인타운과 1시간 거리에 있는 60번 프리웨이 옆 치노와 온타리오 시를 가르는 유크리트 불르버드 곁에 있었다.

프리웨이에 붙은 곳이라 트럭이 지나갈 때면 집이 흔들리는 게 느껴졌다. 세를 놓을 수는 있겠지만 팔기는 어려울 것이라 생각되었다. 우리는 수영장 옆에서 갈비를 굽고 맥주를 마시며 오랜만에 즐거운 시간을 보냈다. 아이들은 수영을 하고 물놀이를 하면서 수선을 떨더니 갑자기 큰아들이 뛰어와서 "아빠, 우리 이 집에 와서 살아요." 했다. 아내도 별다른 반응 없이 그냥 좋다는 표정이었다.

그래서 그곳으로 이사를 가기로 결정했다. 신문사까지는 1시간 거리라서 출퇴근하는 데 별로 문제가 될 것이 없었다. 그렇게 무작정 이사를 했다. 그 후에 어떻게 운명이 전개될지는 헤아림이 전혀 없었다.

정 시인의 남새밭은 1에이커 규모의 작은 크기로 프리웨이에 붙어 있어서 좀 길게 보이는 땅이었다. 거기서 몇 블럭 떨어진 곳에 남이 세 들어 사는 3에이커 정도의 땅이 더 있었는데 내가 원한다면 그 땅도 쓸 수 있다고 했다. 그러면서 자신이 갖고 있던 무씨를 한 병 주었다.

농사철이 되자 동네 농부에게 부탁해서 땅을 갈고 이랑을 만든 뒤 정 시인에게서 받은 무씨를 파종했다. 그리고 퇴근 후 플라스틱 파이프에서 군데군데 오픈 밸브가 달려 있는데, 매일 그 밸브를 통하여 호스로 연결한 물파이프로 열심히 물을 주었더니 며칠이 지나자 싹이 힘차게 솟아나는 게 아닌가. 농대를 졸업했지만 1학년만 겨우 다녔을 뿐 3년은 군대생활하면서 전후방을 왔다 갔다 하면서 마친 학교라서 농사에 대해 아는 게 없었다. 우리 집 벼 심는 날 못줄 잡아 본 것이 내가 경험한 농사의 전부였으니 무 싹이 솟은 게 그렇게 신기할 수 없었다.

그런데 문제는 또 있었다. 무가 자라면 새벽시장으로 나가 팔아야 하고, 판 뒤에는 다시 신문사에 출근을 해야 하는데 시간상 불가능하다는 현실에 부딪혔다. 어쩔 수 없이 편집국장 이영섭 씨에게 이런 애로사항을 상의하려는데 차마 입이 떨어지질 않았다. 기자 경력도 없는 나를 채용하고 영주권도 나서서 해결해 주었는데 갑자기 그만두겠다니 염치가 없었다. 이 국장은 "김 형 꼭 농사를 지으시겠다면 그렇게 하세요. 경제적인 문제라면 봉급이나 직책을 좀 바꿔줄 수 있지만, 본인이 극구 그러시겠다면 어쩔 수 없는 일 아니오. 우리도 다 서울 본사의 직원이라 언젠가는 그만두어야 할 일 아닌가요." 하고 담담히 받아들였다. 그래서 마음의 부담을 덜고 가볍게 사표를 내고 전업농부를 시작했다.

그때가 73년 말경이었다. 그후 74년 1월 초에 해바라기 농원 Sunflower Farms이 기업농으로 처음 시작되었다. 처음에는 무우 배추 총각무 풋배추를 심었고 사람들은 특용작물 부추, 미나리, 대파, 쪽파, 아욱, 갓 등 소량이 필요하지만 늘 값이 좋은 채소를 심어야 돈을 벌 수 있다고 했다. 나에게는 내 땅도 없고 여유 자금도 없고 정 시인이 준 씨앗 외에는 딴 작물을 심을 엄두가 나지 않을 시절이었다. 세월이 한참 흐른 후 멕시코로 온 이후 참외 재배를 시작하여 〈해바라기 꿀참외〉가 우리 회사 대표 상품으로 출하되었다.

웨스턴그룹과의 인연

사업이나 농업이나 경험이 중요하다. 사업을 하려면 몇 년간 그 분야에서 근무하며 먼저 경력을 쌓아야 하고, 농업은 하다못해 꼴머슴이라도 몇 년 살아본 이후에 시작하는 게 좋다. 그런데 보지도 듣지도 못한 농업에 겁도 없이 달려든 내 꼴이 쫄딱 망하는 일만 남았다는 게 이웃 농부들의 수군거림이었다. 내가 생각해도 그런 무모한 멍청이 짓이 있을까 싶었다. 겁도 없이 달려들어서 갖고 있는 돈 다 없애 버렸으니 어쩔 수 없이 죽을 둥 살 둥 막가파 식으로 달려나갈 수밖에 달리 도리가 없었다. 사업자금은 또 어떤가. 통상 사업체를 인수하자면 자기 자본금이 7할은 되어도 성공할까 말까 하고 한다. 그런데 직업농장을 한다는 사람이 가진 돈이 고작 3만 달러였다. 돈이 바닥이 나자 잠 못 이루는 날이 계속되었다. 그때는 하도 고민을 많이 해서 몸무게가 주는 건 물론이고 허리띠도 몇 구멍을 줄여 매야 했다. 누구에게 하소연할 곳은 없고 퍼질러 앉아 울 수도 없는 나날이었다.

　기르던 개가 새끼를 낳았다. 아이들은 개를 지극히 사랑했다. 농장 일을 시작하고부터 밥을 제대로 끓여 먹는 날이 거의 없고 아이들조차 라면으로 알아서 해결하고 있었다. 그런데 누룽지도 개밥도 없는 형편에 개가 새끼를 여러 마리 낳았으니 나로서는 고민이 깊었다. 이런 경우에는 어떻게 하는가 알아보니 애니멀 컨트롤이란 정부기관에 넘겨주면 알아서 입양을 보내든지 처리를 한다고 했다. 그러나 그것도 좋은 방안이 못 되는 듯싶어서 고민 끝에 멀리 있는 산버나디노 쪽 야산에 가서 버리기로 작정했다. 아이들에게는 물론이고 집사람에게도 말하지 않았다. 산에 이르러 "나가자" 말하자 어미 개와 강아지들이 꼬리를 흔들며 산길에 내려 장난을 친다, 나는 산 쪽으로 천천히 차를 몰다가 뒤로 돌아 전속력으로 산을 내려갔다. 달려가면서 백미러를 보니 어미 개가 정신없이 쫓아오고 있는 게 보였다. 가슴에 서늘한 전율이 일었다. 그래도 한번 마음먹은 일을 되돌릴 수는 없는 일이었다. 지금도 그 순간을 생각하면 가슴이 먹먹해진다. 그 일로 해서 그 후 나는 개를 한 번도 다시 길러본 적이 없다.

　새로 얻은 목장이 있던 땅 10에이커에는 무를 심었다. 땅이 좋아서 생장에는 별문제가 없었지만 고압선이 지나는 전봇대가 길게 서있고 또 소 사료와 소똥이 많이 흩어져 있어서 새들이 모여들기 좋은 곳이었다. 무가 우뚝 잘 솟아오른 것을 확인하였는데, 다음날 가보면 밭에 무가 한 포기도 없었다. 세상에 무슨 이런 일이 있나 싶어서 자세히 살펴보니 가끔 말라버린 무 포기가 보였다. 이상원이란 상원농장 농부에게 물어보니 스탈링Starling이란 새가 문제라고 했다. 새는 제비처럼 생겼지만 목에 노란 테가 있고 제비와 다른 점은 단체로 수백 마리 수천 마리가 함께 이동하는 특성을 가졌다.

그리고 보니 새가 떼를 지어 날아갈 때면 머리며 옷은 물론이고 차 범퍼 위도 새똥이 허옇게 떨어졌다. 그 새는 뉴욕에 사는 어느 부부 가 유럽에서 가져와서 공원에 풀어놓은 것이 이제는 전 미국으로 번 졌다는 이야기다. 그 새 수천 마리가 마스게임을 하듯 떼 지어 하늘 을 비상하며 노는 걸 보면 너무 아름다워 감탄이 절로 나왔다. 그렇 게 놀다가 저녁 무렵에는 서산 쪽으로 무리지어 날아가곤 하였다. 농장에 내려앉을 때는 벌레를 찾는다고 먹지도 않는 새로 솟은 무순 을 뽑아 놓아서 그렇게 된 것이다. 대책은 사람이 지키는 길밖에 없 다. 허수아비나 새 쫓는 번쩍거리는 줄은 아무 소용이 없었다. 그러 니 땅을 고르고 무를 다시 심은 후에는 미친놈처럼 이쪽에서 저쪽으 로 막대기를 휘두르며 쫓아다녀야 했다.

농산물이 생산되자 팔 곳이 문제가 생겼다. 나보다 먼저 농장을 시 작한 농부들은 이미 자기들이 생산한 제품을 납품할 슈퍼가 정해져 있었다. 지금은 미전역에서 H슈퍼가 70여 개의 체인점을 갖고 있지 만, 그 당시 미국에는 3개의 슈퍼체인을 가진 웨스턴그룹이 있었는 데 본점은 로스앤젤레스 한인타운에 있고 가든그로브와 밸리 한인 타운에 체인을 하나씩 두고 있었다. 그리고 다운타운 야채시장 가까 운 곳에도 큰 도매창고가 있었다. 그 그룹 회장인 고창국은 내 진주 고 8년 후배였고 그의 매형 박영준은 내 진주고 동기동창이다. 또 박 영준의 처는 집사람 진주여고 동창이었다.

그곳에서 물건을 가져오라 하니 감지덕지였다. 부지런히 작업을 해서 갖다 주었다. 그때는 세일을 많이 했는데 총각무, 풋배추가 늘 세일품목에 포함되었다. 식당 주인들이 몰려와 박스째 사가니 마켓 야채부는 넓게 자리를 잡고 물건들을 펼쳐놓았다. 주부들이 쇼핑을 오면 20단이나 30단에 99센트 세일하는 그 총각무며 풋배추를 산다고 온통 헤집고 뒤집어 놓아서 오후가 되면 성한 것을 찾기 힘들 정도였다. 세일에 맞춘다고 마른날이나 비 오는 날이나 주말 일요일이 따로 없이 작업을 하여 갖다 바쳤다. 그 순간은 그렇게 고마울 수가 없었다. 비가 주룩주룩 내리는 주말에도 예외 없이 작업을 할 수밖에 없었다. 거래선을 다양화하는 게 사업체 운영에 필수적이라는데 우리는 딴 곳에 팔 양도 없고 더 심을 여력도 없고 돈을 주든 안 주든 그곳에만 팔 수밖에 달리 도리가 없었다.

가게 야채 담당자의 세도는 말로 표현할 수도 없을 정도였다. 월급 외에 늘 농부들과 타 도매상으로부터 촌지를 얻는 게 습관화되어 있었다. 그들의 횡포가 말할 수 없을 때가 많았다. 지금은 대형유통업체를 경영하기 때문에 한 마켓에서 오더가 없으면 딴 마켓에 팔면 되고 한국계 마켓이 횡포가 심할 때는 중국계 마켓에 팔면 되지만 영세한 농부 입장으로는 오더가 없다면 농장 문을 닫아야 할 판이니 그들의 횡포를 주인에게 일러바칠 수도 없는 입장이었다. 우리가 넣는 마켓은 웨스턴 마켓이지만 한국마켓 구매담당은 짜리라는 별명을 가진 친구였다. 짜리몽땅 난쟁이라는 뜻이었는데 모두 짜리, 짜리 하고 불렀다. 그 자의 위세는 프로듀스 비즈니스 분야에서 악명이 높았다. 도매시장에서 타인종 종업원들이 전시해놓은 야채박스를 발로 툭툭 차고 다녔다.

자기가 만들어가는 운명

운명은 자기가 만들어가는 것이 아닌가 싶다. 나를 되돌아봐도 그렇다. 돈키호테, 사무라이, 불도저, 도꼬다이 등 내 별명에서도 단서를 찾아볼 수 있듯이 생각을 깊게 하지 않고 행동부터 밀어붙이는 그 돌격대 성격이 늘 위험한 지경에 빠지게 했다. 잘 되면 장점도 될 수 있지만 때로는 되돌릴 수 없는 후회를 남긴다.

신문사에 다닐 때다. 생각나면 바로 행동으로 옮기는 나의 성격이 손해는 손해대로 보고 애꿎게 아내만 고생을 시킨 결정적 실수를 했다. 낯선 미국에서 어떻게 살지 궁리를 하다가 신문에 난 광고를 보고 마켓 몇 군데를 둘러보러 갔다. 그런데 3만 달러가 전 재산인 처지에 마켓을 산다는 건 꿈도 못 꿀 일이었다. 그래서 단념할 생각을 하고 있는 참에 몬테리팍에 있는 미니마켓 하나가 내가 갖고 있던 돈과 맞았다. 주인을 찾아가 '가게를 하면 밥은 먹을 수 있느냐'고 물었더니 인상 좋은 아주머니가 "그럼요." 하는 거다. 그래서 이것저것 생각도 하지 않고 그 다음날 계약을 하고 말았다.

마켓은 아내에게 맞기고 나는 신문사로 출근했다. 그곳 몬테리팍은 지금은 완전히 중국인들 촌이 되었지만 그 시절은 멕시칸, 쿠바인 그리고 국적을 알 수 없는 히피들이 주위에 살고 있고 중국인들은 반쯤이나 되나 싶었다. 우리가 세를 얻은 아파트 주인도 중국인이었다. 장사를 시작했는데 한국에서 바로 들어온 때라 아내가 영어를 전혀 못해 가게에 온 손님과 대화가 통하지 않았다. 그런데 손님이란 자들은 돈을 안 주고 외상으로 달라고 하기 일쑤였다. 전주인과도 다 그렇게 했다면서 "장부에 달아놓으슈" 하고 양손에 맥주 꾸러미를 들고 가버렸다. 돈벌이는 되지 않고 외상만 늘어갔다.

그냥 둘 수 없었다. 내가 물어물어 외상을 안 갚는 집을 찾아가 보니 히피들이 떼로 모여 앉아 있었다. 외상으로라도 술이 끝없이 필요했던 이유를 알만했다. 외상이 너무 많이 쌓였으니 이젠 술값을 달라고 했다. 그러자 그 친구들이 합창하듯 "빨리 꺼져. 아니면 경찰 부른다."며 큰소리를 쳤다. 주객이 전도돼도 유분수지 외상으로 술 사먹고 경찰을 부른다니 죽일 놈들이 아닌가. 그러나 그냥 돌아설 수밖에 없었다.

한번은 또 손님이 100불짜리를 내길래 좀 이상하다 싶어 못 받겠다 했더니 소리를 지르며 팽개치듯 물건을 놓고 가버렸다고 아내가 울면서 더는 장사를 못하겠다고 했다. 내가 미쳤다는 거다. 다른 사람들은 미국에 처음 오면 먼저 어덜트스쿨부터 보내 영어를 배우게 하는데 나는 돈에 환장했는지 돈벌이부터 하라고 영어도 못하는 마누라를 마켓에 쑤셔 넣었으니 꼴 좋다, 당장 다시 가게를 팔자고 했다. 결국 3개월 만에 그 마켓을 판다고 신문광고를 냈다. 광고가 나가자 그 다음날 어떤 부부가 와서 사겠다는 거다. 그래서 돈을 벌기는커녕 집사람 고생만 시키고 마켓을 팔았다. 나중에 들으니 그분

들도 결국 장사를 제대로 하지도 못하고 그냥 문을 닫았다는 소식
이었다.

레드랜드 농장으로 옮기다

불도저식으로 일을 벌이는 내게, 그러나 가끔 운명이 한편이 되어주는 때도 있다. 농장을 돌린다고 전전긍긍하고 있는데 이동섭이라는 분의 연락을 받았다. 농장을 그만둘 생각인데 필요하다면 자기가 갖고 있는 트랙터 등 농기구 일체를 보내주겠다는 것이었다. 돈은 나중에 형편 되면 갚으라는 고마운 제안이었다. 그래서 트랙터 1대와 디스크 등 농기구를 한 벌 더 마련할 수 있었다.

또 한 분이 전화를 해서 자기가 하는 농장이 레드랜드에 있는데 그곳에 와서 농사를 지을 생각은 없는지 물었다. 우리는 레드랜드 농장으로 완전히 옮겨가기로 결정하고 그동안 세들었던 정 시인 농장과 조 보르바 씨 땅을 정리하고 농기구 일체를 옮겨갔다.

흔히 농장을 그만둘 때는 땅을 고르거나 하지 않고 그대로 버려두고 떠나는 게 보통이다. 새로 들어오는 사람이 트랙터로 자기 농작물에 맞게 이랑을 만들게 하기 위해서다. 그런데 조 보르바에게서 전화가 온 거다. 땅을 깨끗하게 디스크로 밀어달라는 요구였다. 그러나 트랙터도 레드랜드 농장으로 가져온 뒤라 어찌 해볼 도리가 없었다. 이런 사정을 말하자 그는 동네 트랙터 일을 하는 미국인을 시켜서 디스크 작업을 한 뒤 내게 돈을 달라고 전화를 걸게 했다. 그래서 "조 보르바는 은행이며 목장도 있는 엄청난 부자 아니냐. 그의 땅을 디스크한 비용은 조 보르바에게 받는 게 맞다"고 했더니 그 자가 법원에 소액소송을 걸었다.

나는 돈보다는 법원에 갈 시간도 없고 부대끼기 싫어 그 일을 무시해 버렸다. 그 후 자동차 기름을 넣기 위해 크레딧 카드가 필요해서 신청을 했으나 보기 좋게 거절당했다. 이유를 알아보니 내가 법원 소액소송에서 져서 레드라인이 박혀 있다는 거였다. 어쩔 것인가, 달리 방법이 없어서 트랙터 작업 때문에 소송을 건 그 친구에게 전화를 했더니 자기 작업비와 그날 하루 일당을 더 달라는 요구였다. 울며 겨자 먹기로 줄 수밖에 없어서 그자를 만났는데 그렇게 도도하게 굴 수가 없었다.

레드랜드 농장은 돌 오렌지 회사 소속이었다. 그 농장에는 집이 한 채 딸려 있었는데 남편은 마약 판매죄로 감옥에 가 있고 꾀죄죄한 백인 여자와 남자아이 둘이 살고 있었다. 농장 매니저가 법원에 그들의 강제추방 절차를 밟고 있는 중에 우리에게 세를 주었던 모양이었다. 그 집 마루 밑에는 고양이가 수십 마리 살고 있었고 악취가 마루 위로 흘러들어 냄새가 지독하게 코를 찔렀다.

그래도 그 집으로 이사를 와야 하니 동생과 함께 이틀에 걸쳐서 대청소를 하였다. 한참 청소 중인데 당장 나가지 않으면 우리를 죽이겠다는 편지가 날아들었다. 그 편지를 들고 매니저를 찾아가 자초지종을 설명하고 목숨의 위험을 느껴 이사를 올 수 없다고 말했다. 매니저는 순순히 렌트 낸 돈을 되돌려 주었다. 며칠이 지났는데도 내

몸에서는 고양이 지린내가 진동하였다.

다시 살 집을 찾아다니다가 산버나디노 동네에 있는 한인 목사 소유의 움막집을 세 얻어 이사를 했다. 그 집은 하도 천장이 낮아 서 있으면 머리가 닿을 정도였다. 방구들은 경사가 져서 잠자다 보면 한쪽으로 몸이 쏠리고 어떤 때는 굴러 내리기도 했다. 이런 가난한 동네에도 도둑이 든 적이 있는데 워낙 우리가 가난해서인지 낚싯대, 소털깔개 등 한두 가지 잃은 게 고작이었다.

레드랜드 농장은 15에이커인데 도올 오렌지회사에 소속된 오렌지 밭을 끼고 있었다.

농장에는 물펌프가 있어서 전기회사에 물값으로 전기세만 내면 되었다. 시의 물을 사용할 때보다 훨씬 경제적이었다. 이동식 변소도 준비할 여력이 없는 상태였으므로 우리와 일꾼들은 오렌지 밭에서 용변을 해결하고 농사짓기에 정신없는 세월을 보내고 있었다. 그런데 새로운 문제가 터졌다. 10번 프리웨이와 가까운 곳이라 자주 이민국 불법 체류자 단속반이 들이닥치기 시작했다. 그 이민국 관리들은 농장주에게는 책임을 묻지 않고 일꾼들만 단속했다. 전부 불법체류자인 멕시칸들이 오렌지 밭으로 뛰어 달아나고 야단이 나면 그 이민국 관리는 한두 명만 잡아 놓고 할 일을 다 했다는 식이었다.

하루는 내가 오렌지 밭을 걷고 있는데 오렌지 나무 위에서 인기척이 났다. 올려다보니 이민국 직원이었다. 나무마다 몇 명이 올라가 숨어 있었다. 내가 일꾼들 쪽으로 달려가며 오지 말라고 팔을 휘두르며 고함을 질러도 멕시칸들은 늘 하던 대로 오렌지 밭에 숨을 생각에 달려왔다. 내가 고함을 지르니까 나무에서 내려온 이민국 직원이 모자를 땅에 집어던지며 "갓뎀, 또 그렇게 하면 당신을 잡아가겠다."고 했다. 그러건 말건 여전히 방방 뛰며 오지 못하게 했지만 그날도 두 명을 잡아갔다. 그들을 잡아가 티화나 쪽으로 추방시켜 봐야 또 며칠 지나면 농장에 다시 와서 일하기 시작했다. 그러니까 직업적으로 그렇게 늘상 해오는 것이고 불법 체류자를 근본적으로 해결할 생각은 아예 없다고 볼 수 있다.

농사 규모가 좀 커졌지만 경제적으로 우리 상표의 박스를 찍을 엄두가 나지 않았다. 슈퍼마켓 쓰레기 박스를 뒤져서 헌 박스를 주워 모았다. 크리스마스나 추수감사절 같은 날은 장사가 잘 되어 헌 박스가 많았다. 남들은 휴가를 즐길 시기에 나는 그 높은 철제 쓰레기통에 머리를 거꾸로 처박고 박스 주워낸다고 열심이었다. 모자라는 것은 멕시칸 헌 박스를 파는 가게에서 비슷한 사이즈의 헌 박스를 사다 사용했다. 무는 나무로 엮어 만든 크레이트를 사용했고 배추는 카툰 종이로 만든 박스를 사용했다.

한인타운 슈퍼에 나가서 야채 담당이나 멕시칸 일꾼에게까지 굽신굽신 절하고 다니는 건 견딜 만하지만 온몸에 농장 뻘물로 칠갑이 된 허름한 옷으로 아는 사람을 만나는 건 질색이었다. 그 중에도 낮이 익은 스튜어디스 아가씨가 "어머나, 기장님 아니세요." 할 때가 제일 난감했다. 그 순간 나는 예스도 아니고 노도 아닌 묘한 표정을 지으며 피하는데, 그 아가씨는 한참을 서서 바라보고 있었다. 별 도둑놈들도 많은데 아무 잘못 없는 내가 기죽을 게 뭐람. 어느 놈처럼 돈을 떼어먹은 적도 없고 무슨 큰 잘못을 저지른 적도 없으니 나는 내 방식대로 떳떳하게 살자, 스스로에게 다짐했다.

그래도 행운이 가끔 찾아왔다. 새 농장터를 얻게 된 것이다. 레드랜드 골짜기 동네 쓰레기장 올라가는 길옆에 20에이커의 농장이 버려져 있는 걸 발견하고 주인에게 전화를 했다. 내가 길옆 쓰레기를 치워줄 터이니 세를 공짜로 줄 수 없는가 물었더니 그러라고 해서 얻게 된 것이다.

그 농장에는 낡고 허물어진 집이 있었다. 그 집을 둘러보니 '빈주먹으로 부자가 되는 법'이란 책이 쓰레기와 섞여서 뒹굴고 있었다. 그 책을 집으로 가져와 정독을 했다. 빈주먹으로도 부자가 될 수 있는 방법이 있구나. 그 책은 내가 읽은 최초의 자본주의 교과서였다. 그러나 얼마 안 가서 그 농장이 딴 주인에게 팔렸다고 부동산 브로커가 전화를 했다. 빨리 나가달라는 요구였다.

농장에서 농사를 짓는 사람이 당장 어떻게 나간단 말인가. 수확 끝날 때까지는 못 나간다고 말했다. 며칠 후 새 주인이 일꾼을 시켜 우리 농장의 메인파이프 몇십 개를 트랙터 디스크로 갈아버렸다. 나는 분을 가라앉히지 못해 펄펄 뛰었지만 소송을 할 여력도 없고 시간도 없었다. 인종차별로 소송을 걸어야 하는데 집에서만 큰 소리를 쳤지 실제 소송을 할 수가 없었다.

또 산버나디노 공항을 끼고 있는 10에이커 규모의 시정부 소유의 농장 땅을 역시 렌트 없이 얻을 수 있었다. 협상 방식은 비슷하게 내가 주변 청소를 잘 해준다는 조건이었다. 산버나디노 농장에는 중국인 주광천 씨가 나와 동업조건으로 까일랑 라이초이 등 중국 채소를 심게 하였다. 장비는 우리가 제공하고 판매는 주광천 씨가 맡는다는 조건이었다.

주광천 씨는 대만 정부의 농업 관련 공무원으로 일본에 가서 농업 지도를 한 만큼 학구파에 속한 사람이었다. 그를 통하여 배추의 속이 검게 타지 않고 우수한 품질로 생산할 수 있게 하는 팁번을 막는 기술을 배울 수 있었다.

또 그는 온타리오에 있는 일본계 회사의 농업고문을 맡았는데, 우리 농장에 카보차란 일본 단호박을 심어서 우수한 품질의 카보차를 생산하여 그 회사의 신임을 받은 분이었다. 그러나 그분과 시작한 중국 채소 농장은 오래지 않아서 중단하고 말았다. 중국계 농장 중에 제일 규모가 큰 럭키팜이 우리가 파는 마켓에 채소를 공짜에 가까운 가격으로 판매를 하는 한편, 매니저를 구워삶아서 더 이상 우리에게 오더가 못 오게 했기 때문이다. 그 럭키팜도 주광천 씨가 기술 자문을 하던 곳이었다. 자본주의 사회의 경영이란 이처럼 인정사정 없는 게 현실이다.

베이커스필드에 모종을 키워 주는 Golden Gate Nursery란 회사가 있다. 씨앗을 가져다주면 Blackmore Planter란 파종기계로 파종을 하고 온실에서 키워 모종을 판다. 그곳에 배추씨를 가져다 주고 한 달 반쯤 자랐을 때 우리 농장에 가져와서 이식하면, 잘 하면 한 달 일찍 수확을 한다는 계산이 나온다.

우리는 예정대로 모종을 가져와서 예정 날짜에 심었다. 잘 자라는 듯싶었다. 그때가 3월 하순경이었는데 갑자기 추위가 닥쳐 영하로 내려가 모종의 뿌리 윗부분은 하얗게 말라 버렸다. 이제 포기할 것인가 아니면 다시 자라도록 기다려 볼 것인가 결정을 못 내려 주광천 씨에게 물어보았다. 포기하고 땅을 엎어 버리란 권고였다. 한 박스에 10불쯤 벌겠다는 꿈은 물거품이 되고 말았다.

레드랜드 농장을 할 때의 이야기이다. 어느 해는 미정부에서 농장노동자 사면 결정을 했다. 농장주가 일한 사실이 있다고 싸인을 해서 이민국에 제출하면 농장노동자에게 영주권을 주는 프로그램이다. 언론에서는 조사가 매우 엄하다고 기사를 썼고 어떤 변호사는 정부 사면에는 까다로운 조사나 문제될 것이 없으니 1백 명쯤 한 사람당 1만 달러를 받고 영주권을 주어 노동자들을 구제해 주자고 했다. 어떤 사람은 이때 노동자들에게 영주권을 받게 해준 대가로 돈을 벌어 해외여행을 가기도 했다.

나는 아무리 힘들다 해도 그렇게 할 배짱이 없었다. 무엇보다도 집 사람이 절대 안 된다고 했다. 그런데 우리에게 찾아와서 영주권을 낼 수 있게 해달라고 떼를 쓰는 두 사람이 있었다. 한 명은 다른 농부를 소개시켜 주어서 영주권을 따게 했다. 그런데 또 한 명은 우리가 아무리 그런 일은 하지 않는다고 해도 막무가내로 사정을 했다. 할 수 없이 우리 회사 사업 용지를 인쇄하는 인쇄소에 가서 용지를 구해다 당신이 서류를 꾸며서 알아서 해결해 보라고 했더니 그렇게 신청한 모양이다. 어느 날 한인타운을 차로 지나는데 뒤에서 어떤 친구가 옆에 차를 세우더니 날 보자고 했다. 바로 그 친구였다. 덕분에 영주권을 받았노라고 한턱 쏘겠다고 했다. 그날은 바빠서 공술은 못 얻어먹었지만 영주권을 얻었다니 나도 기뻤다.

이민가족 정착기

　어느날 우리가 살고 있는 산버나디노 오막살이 집에 그 주인 목사가 와서 살겠다는 통보를 받았다. 그래서 궁리 끝에 로마린다에 1만여달러 10% 다운페이를 하고 십 몇만 달러짜리 집을 사기로 결정했다. 로마린다는 제7일 안식교 성지가 있는 곳이라서 한국교회도 있고 장수하는 노인들이 많은 곳이다. 머리가 허연 노인들이 많았다. 미국의 장수촌에 이곳 로마린다가 들어가기도 한다. 우리는 일요일에도 농장에 나가야 하는 몸이라서 교회에 나갈 엄두를 내지 못했고 타 작은 한인교회는 목사들이 자주 방문하여 자기 교회에 나오라고 부지런히 찾아오지만 한인 로마린다 안식교회는 안정된 큰 대형 교회라서 신도들조차 자기 교회에 오라는 말이 없었다. 둘째 유진은 로마린다 중학을 보내고 큰 아들 기만이는 고등학교는 좋은 곳을 가야 한다고 한국에서 육군 장교생활을 한 농부인 권오호 장로의 도움으로 레드랜드 고등학교로 보냈다. 물론 나중에 둘째 유진이도 레드랜드 고등학교를 보냈다. 레드랜드 고등을 다니던 유진이가 지금의 아내인 캐슬린을 포름파티에서 만나 춤을 추었고 그 인연으로 나중에 결혼까지 하게 된 것이다. 유진이는 UCLA에 다녔고 캐슬린은 UC Riverside에 다녔는데 3년 만에 대학을 마치고 UCLA 의대에 오게 되었고 UCLA에서 다시 만나 사랑을 하게 되었다고 한다.

우리가 로마린다에 와서 처음으로 미국에서 집을 사고 보니 그렇게 행복할 수가 없었다. 집은 단층이지만 방 3개에 변소 2개로 살기에 불편함이 없는 집이었다. 한인 이웃이 좀 있어서 좋았다. 농장에는 근처 일대의 한인들이 야채를 구매하러 찾아오는 경우가 많았다. 우리는 풍성하게 주고 가격도 한인타운 도매상보다 싸게 주었다. 그래서 매일 찾아오는 한인들이 많았다. 그들과 소통하며 세상 돌아가는 소식을 들었다. 신문 방송 뉴스를 볼 시간이 없는 우리는 그들을 통해 한국소식을 들었다. 주로 백인동네라서 우리 아이들도 행복하게 생각했고 친구들은 주로 미국 백인들이었다. 그곳은 산버나디노 산과 빅베어산이 보호를 해 주고 낮은 뒷산도 있었다. 산타아나 바람은 온타리오 농장보다 센 바람이 자주 없어서 농사짓고 살기에 아주 좋은 곳이었다. 하루는 큰아들이 미국 여자를 친구라고 집으로 데리고 왔다. 야 이놈아 한국 아이를 찾으라고 그렇게 이야기했는데 미국인은 왜 데리고 오는 거야 하고 핏대를 세우고 싸우다가 그 여학생이 갖고 온 꽃다발을 문밖으로 패대기쳤다. 밖에서 숨어서 우리가 싸우는 소리를 귀 기울이던 그 여학생은 나중에 "너희 아빠는 야만인이다. 우리 다시는 만나지 말자."하고 일방적인 이별을 통보했다고 한다.

우리 모친도 미국으로 이민을 왔는데 농장집에 함께 살았다. 그런데 한국에 사는 막내가 다시 돌아오라 하고, 말이 안 통하고 친구도 없고 별 재미가 없는지 다시 한국으로 가겠다고 하였다. 영주권을 갖고 다시 한국으로 나갔다. 앞으로 무슨 일이 있을 수도 있으니 영주권만은 꼭 지니라고 부탁했다. 그후 한국에 나갔다가 문선명그룹의 속임을 당해 몇 년만에 파산하고 다시 미국으로 되돌아와서 내가 한인타운에 아파트도 얻어 주었고 나중에는 시정부의 노인아파트에서 사셨다. 그 후에는 양로병원에 계시다가 94세에 작고하셔서 지금은 로스힐공동묘지에 계신다.

최악의 순간도 기회로

웨스턴 마켓그룹의 경영이 문제가 되기 시작했다. 우리 농장도 그들의 대금 지불이 점점 늦어져서 경영을 위협받는 지경이었다. 수금을 하러 찾아가면 사장도, 회장도 만나 주지를 않고 뒷문으로 도망을 쳤다. 회장인 고창국은 주로 한국에 나가 살았고 오렌지카운티 마켓은 사장인 박영준과 그 부인이 맡아서 했다. 경영의 기본은 거래선을 다변화하여 한곳에 몰아주고 피해를 당하는 위험을 줄일 수 있다고 되어 있다. 그러나 우리 경우는 여기저기 판매처를 다변화할 능력이 없었다. 그만큼 리스크에 노출된 상태로 운영을 해온 셈이다.

고창국 회장은 돈 관리는 남에게 맡기고 거래선에 돈을 안 주고 버티는 경영을 했다. 주로 농부들 돈을 미루고 주지 않았는데 나를 가장 큰 희생양으로 삼았다. 그 마켓밖에 딴 판매처가 없는 우리로서는 같은 고향 선후배인데 설마 네 돈을 떼어먹겠느냐는 그의 말을 믿고 기다릴 수밖에 없었다. 그러나 견디다 견디다 더 이상 견딜 수 없는

선에 이르러 소송을 걸었다. 드디어 재판 날이 잡혔고 재판장은 당장 우리 돈을 지불하라고 선고했다.

　재판에 이긴 후 경찰에 차압을 집행하라고 명령이 내려졌는데 경찰에 연락하니 1주일을 기다리라고 했다. 나는 박영준에게 당장 돈을 안 주면 곧 차압이 들어갈 거라고 했다. 그게 나의 최대의 잘못이었다. 가만히 있다가 바로 차압이 집행되도록 해야 하는데 말을 한 것이다. 그 사이 그들은 변호사를 넣어서 '챕트11 파산'을 신청했다. 박영준 집으로 찾아가서 사정을 하니 원금의 반만 받겠다면 회장에게 말해 보겠다고 했다. 나는 죽어도 다 받아야 한다고 고집했다. "그 돈이 어떤 돈인데, 개새끼야! 깐죽을 걸어. 그걸 말이라고 하는 거야." 나중에 알고 보니 그런 경우에는 반이라도 받고 끝내는 게 상수인데 그 정도 상식도 여유도 내게는 없었다.

　챕트11 파산이란 정상적으로 사업을 영위하기 어려운 경우에 사업가를 보호하기 위해서 거래선 대금을 주지 않아도 되도록 보호해 주는 제도다. 그 제도의 혜택을 받게 되면 다시 기사회생하는 경우도 있지만 악질적인 경우는 현금은 다 빼먹고 '챕트7 완전파산'으로 돌려 버리는 게 대부분이라고 한다. 내 경우는 변호사비, 경찰 동원비 등 경비를 빼도 손해 본 원금만 7만 5천달러였다. 가난한 농부에게 그 돈은 운영자금의 전부였으니 그 돈을 떼인다면 죽는 수밖에 없을 정도로 치명적인 것이었다.

　챕트7 파산을 하고 법정을 나오는데 고창국이 히죽히죽 웃고 있었다. 7만 5천 달러를 못 받게 되자 우리 농장은 되돌릴 수 없는 위기에 직면하게 되었다. 우선 웨스턴 마켓이 주문을 하지 않을 경우 어디 팔 곳이 없었다. 새로 도매상이 몇 군데 생기고 마켓도 대형화되어 그곳에 직접 팔 수도 있겠지만 마켓마다 먼저 거래한 농장이 있고 야채담당자의 세도도 심하여 상대하기 엄청 힘들었다. 돈을 찔러 준다고 계속 오더를 주는 것도 아니었다. 무어라 표현하기 힘든 게임 같은 거로 보면 된다.

그 무렵 내 머리에 섬광처럼 번쩍 떠오르는 아이디어가 있었다. 그렇다, 멕시코 트로피칼 지대로 가면 온실 없이 노지에서 야채류를 생산할 수 있을 것이다. 파일럿을 한 덕분으로 북회귀선 Cancer of tropical 지역에서 적도와의 거리가 멀지 않다는 생각이 난 것이다. 그래서 멕시코 북회귀선이 어디로 지나는지, 지도를 펼쳐 놓고 독도법 연구가 시작되었다. 라파스와 카보산 루카스 사이면 겨울철 온도가 높은 지역이 된다는 사실을 파악했다.

그 아이디어가 떠오르자 이번에는 어느 곳으로 갈 것인가도 문제가 되었다. '멕시코에서 생산된 야채를 담아온 박스를 찾아 보자.' 나는 헌 박스를 파는 멕시칸 박스회사를 찾아가서 박스 겉면에 붙은 원산지 표지 종이를 뜯어 왔다. 그리고 멕시코 지도를 옆에 펼쳐 놓고 박스에서 뜯어 온 종이에 있는 지명을 찾아 표시를 하기 시작했다. 표시를 해 보니 캘리포니아 남단 멕시코 바하캘리포니아 1번 도로를 따라 내려가면 농장이 있으리라 생각되었다. 이제는 언제 어떻게 내려갈 것인가. 그런데 한 번도 안 가 본 곳이라 찾아가는 것도 문제이지만 서반아어라고는 인사 정도나 할 수 있는 엉터리 수준이니 쉽게 결정하기 힘들었다. 시작이 반이라는데 그까짓 거 두려울 게 무엇 있나, 즉시 행동으로 옮겨 보자! 나는 출발 준비에 박차를 가했다.

우선 내가 타던 차를 캠프가 뒤에 있는 동생 차와 서로 바꾸었다. 침대 베드를 파는 회사 쓰레기통에서 버린 중고 매트리스를 하나 주워다가 차 속에 넣고 슬리핑백 한 개, 베개 한 개, 라면 두 박스 그리고 세면도구, 고추장, 된장, 김치 각각 1병씩과 끓여 먹을 곤로 1개, 플래시 1개, 라이터 1개 등을 준비했다.

농장을 계약했을 때 바로 심을 수 있는 씨앗들과 약간의 돈을 챙기는 것도 잊지 않았다.

이제는 출발만 남았다. 농장은 아내에게 잘 관리하라고 신신당부하고 나는 미지의 나라를 향하여 출발할 준비가 끝났다. 두렵기보다는 흥미로웠다.

하늘길 항로나 땅 위의 길을 찾는 독도법은 꽤나 한다 하는 사람이 나다. 나는 로마린다를 출발, 멕시코 국경지대 산이시드로까지 쉽게 찾아왔다. 국경 도착 마지막 지점에 내려서 멕시코 화폐 페소를 좀 바꾸었다. 이윽고 국경을 통과하는데 차들이 쑥쑥 빠졌다. 여권이나 뭘 보자는 사람이 아무도 없어 다른 차를 따라 쉽게 통과할 수 있었다. 그 반면 미국으로 들어오는 반대편 도로의 차들은 줄줄이 수백 대가 거북이 행렬을 하고 있었다.

산이시드로 국경을 통과한 후 바로 국경 철책을 따라서 해안가 쪽으로 가는데 수많은 집들이 눈에 들어왔다. 지옥과 천국이 이렇게 다른 건지 금방 무너질 듯싶은 낡은 집들이 언덕 위에 무질서하게 늘어서 있었다.

해안가 프리웨이를 따라 달리는데 검문소가 나타났다. 돈을 달라기에 얼만가를 주었다. 멕시코에서는 이렇게 뇌물로 줄 돈이 필요하다는 말을 들은 터라 잔돈 1달러, 5달러, 10달러짜리 그리고 국경에서 바꾼 멕시코 페소화도 10페소, 20페소, 50페소, 1백 페소짜리가 이미 준비되어 있었다.

집을 떠나서 국경지대까지 3시간, 멕시코 바하 쪽 해안가를 따라서 3시간, 3개의 검문소를 다 통과한 후 6시간 만에 엔시나다 시를 통과하게 되었다.

주유소에서 기름을 가득 넣고 까페에 들러 커피를 한잔 샀다. 멕시칸 음식점에서는 타코 조금, 소다 조금, 이런 식으로 아무거나 먹을 것을 챙긴 후 다시 남으로 남으로 내려갔다. 처음 가는 바하 1번 도로는 정비가 잘 되어 있었다. 중간 중간 포장된 도로가 낡아서 푹푹 파인 곳이 더러 있었지만 그래도 처음 설계가 잘 된 듯싶었다. 엔시나다를 떠난 후 농장들이 제법 있는 산뀐틴을 지나 로사리토를 통과한 후에는 길이 다시 동남쪽 내륙 도로를 따라 전개되었다. 더 이상 바다는 볼 수가 없고 구불구불 사막길이 계속되었다.

키 큰 선인장들이 즐비하게 나타나기 시작했다. 산이네스란 곳에 오니 미니 마켓과 호텔이 보이고 엄청 큰 바위들이 산을 이룬 게 장관이었다. 다시 구불구불 산길을 돌고 돌아 다시 바다가 보이기 시작하는 지점에 오니 날이 어두워져서 더 이상 이동이 불가능했다. 호텔을 찾아 주차장에 차를 세우고 차 안에서 잠을 잤다. 그곳은 목적지의 중간지점에 해당하는 가레로 네그로 비스까이노 지역으로 바하캘리포니아 남쪽 주에 속한 지점이었다. 나중에 알게 되었지만 이곳은 세계적으로 유명한 소금 생산지로 일본과 한국에도 수출을 한다고 했다. 호텔 주차장에서 잠을 잔 후 화장실에서 양치질을 하고 용변을 해결했다. 아침은 호텔식당에 들러서 사진에 풍성하게 보이는 우에보 알라멕시카나란 음식을 주문해 먹고 곧장 다시 출발했다.

무조건 "Si Si"

길은 다시 한참 동으로 달렸다. 서너 시간을 달리자 바하 내륙 쪽 해안가에 도착했다. 태평양 쪽과는 달라서 벌써 훈훈한 바람이 불었다. 로사리토시는 이명박 대통령 시절 우리나라 광업공사가 진출하여 구리광을 채굴하던 곳이다. 해안가 도로를 따라가면 다음 도시는 물레헤란 곳으로 미국인들이 야자수 밑에 RV를 세우고 제법 많이 살고 있다. 다시 남으로 남으로 내려가는데 미국인들이 만들어 놓은 골프장도 있는 로레또를 지나니 오른편에는 거대한 산이 있고 왼편에는 바다가 있는 절경이 나타난다. 아름다운 산을 구경하며 한참을 달리다 다시 구불구불 산을 지나야 했다.

이윽고 농업도시인 인수르헨테와 콘스티투시온 시를 지나서 저녁 무렵 라파스 시에 도착했다. 늘 하는 식으로 비교적 큰 호텔을 찾아 주차장에 차를 세우고 열려 있는 식당에서 저녁을 때웠다.

다음날 아침 다시 남으로 남으로 내려갔다. 서너 시간쯤 운전을 했을까 더 이상 갈 수 없는 바하캘리포니아 맨 끝에 해당하는 까보 산 루까스에 도착했다. 까보란 끝이란 말이니 '성루까스의 끝'이란 뜻 이다. 그때는 도시라기보다 집이 별로 없는 해안가 작은 촌락이던 이 곳이 지금은 국제적 도시가 되어 있다.

어떤 사람을 붙잡고 영어로 몇 마디 물었더니 알아들었는지 다시 되돌아가 또도스 산토스에 가서 종이에 적힌 이름을 찾아보라고 친 절하게 안내해 주었다. 또도스 산토스란 '다 성인'이란 뜻이다. 그 또도스 산토스에 가서 그 사람을 찾아보니 존이란 미국인이었다. 살 것 같았다. 영어가 통하는 존을 만나 맥주를 한 캔 얻어 마신 뒤 내 가 온 목적을 말했다. 그가 다시 온 길을 되돌아가면 14킬로 지점에 엘까리살이란 표지판이 나올 테니 거기서 좌회전하여 안으로 들어 가라고 했다.

그가 말한 대로 엘까리살 표지판을 만나 좌회전한 뒤 안쪽 첫 번째 농장인 혜수스 씨 농장에 도착했다. 마침 그는 농장에 나와 있었다. 그에게 손짓 발짓으로 설명을 하니 알아들었는지 씨앗은 어디에 있 는가, 수확을 하면 킬로에 얼마를 줄 것인가, 현금으로 줄 수 있는가 묻는 듯 했다. 알아들었든 못 알아들었든 무조건 "시시 Si Si" 그렇 다고 했다. 이렇게 하여 전직 마피아 출신의 농부이자 그 동네에서 아주 유명한 혜수스 과수텔룸과의 역사가 시작되었다.

한 가지 일에 몰두하는 힘

사람이 한 평생을 살면서 한 가지 일에 몰두하는 게 정석이지 싶다. 그래야 전문가가 될 수 있고 하고 있는 분야에 그만큼 권위가 생길 수 있지 싶다. 나의 경우는 좌충우돌하면서 사방을 기웃거린 셈인데 농사에 들어온 이후에는 달리 딴 일을 할 틈이 없고 농사란 치우고 싶으면 가게를 팔듯 치울 수 없는 특수 분야라서 그렇게 된 셈이다. 그것도 팔자라면 팔자로 볼 수 있다. 한국에서는 농부의 아들은 장가도 들 수 없어서 중국 조선족이나 동남아 여자들을 데리고 와서 결혼을 하지만 몇 년 안 되어 도망친 사례가 빈번하다고 한다. 그리고 농부라면 좀 무시하는 경향이 있다. 요즘 귀농을 많이 하니 좀 달라지긴 했지만 농부 농투성이라 무시하는 경향은 여전하지 싶다.

농부를 만나서 악수를 해 보면 손바닥의 촉감에서 얼마나 일을 열심히 많이 했는지 알 수 있다. 손바닥이 거북이 등허리 껍질처럼 느껴져야 진짜 농부라 할 수 있다. 나처럼 선비의 손바닥을 갖고 있는 사람은 가짜 농부로 볼 수 있다. 나이롱 농부로 볼 수 있다. 농사에 들어온 몇 년간은 나도 열심히 일한 셈이지만, 그 후에는 농장을 둘러보고 시장이나 은행을 찾아다니고 농자재 비료농약을 산다고 돌아다녀서 농장의 작물들을 일일이 쳐다볼 시간이 없다. 농장 주인의 사랑을 받고 일일이 눈길을 받아야만 작물들이 잘 자라고 좋은 결실을 맺는다고 한다. 농부는 새벽별을 보고 집을 나서고 늦게 뜬 별을 보고 집으로 돌아와야 진정한 농부라는 말도 있다. 그렇다면 나는 분명 나이롱 농부일 터인데 그래도 국제전문농업경영인이라 소개하니 좀 미안한 생각도 없지 않다.

한국 대부분의 농부처럼 1헥타르 아니면 2헥타르, 10헥타르 미만의 소규모 면적에 농사를 짓자면 농투성이를 면할 수 없다. 그리고 대부분이 산비탈 경사진 땅 주로 천수답이 대부분이고 평지에서 수리시설을 갖춘 농지는 별로 없는 현실을 본다면, 우리처럼 기업농을 할 수 없는 조건을 갖추고 있다고 판단된다. 하늘의 비만 바라보거나 옆으로 지나는 개울에 물이 고이기를 바라는 농부는 참 한심한 현실이고 무엇보다 지하수 개발이 전혀 안 되어 있는 문제점을 안고 있다.

우리 농장의 경우는 일 년에 심는 면적이 약 1백 헥타르 정도 되고 토지 순환상 그 배 이상을 확보해 놓고 농사를 짓는다. 우리가 75헥타르 직영농장을 소유하고 있는데, 그 배 이상을 빌려서 순환농업을 하고 있고 주로 땅도 수평을 이룬 곳에서 농사를 짓고 있다. 한국처럼 산비탈 경사진 곳에서 농사를 짓는 곳은 없는 셈이고 수리사업정부기관인 CNA(Commicion National de Agua)라는 연방정부기관의 감독을 받는다. 지하수 펌퍼의 사용량과 퍼내는 물 펌퍼의 규격 몇 인치짜리 펌퍼로 물을 퍼올리는지 매년 심은 면적이 얼마인지 물의 사용량은 얼마인지 일일이 감독을 받는다. 비가 많이 자주 올

때는 그 감독이 좀 허술해지고 비가 몇 년간 계속 안 오는 해는 그 감독이 심해진다. 최근 몇 년간은 비가 자주 와서 CNA에서 공무원들이 거의 현장에 나오지 않고 있다.

농사도 유기농이나 자연농법으로 생산하는 걸 원칙으로 하고 있다. 그러나 본격적인 유기농을 위해서 UC DAVIS에서 유기농 농산물 생산 코스를 3개월 수료하고 논문까지 제출하고 학점을 받았지만 유기농 일백 프로는 생산의 한계가 있어서 그대로 고수하지 못하고 있다. 현재 농업비료 농약회사도 유기농 비료 유기농 농약을 생산하고 있다. 그 회사의 제품을 사용하여 자연농법으로 생산하고 있는 셈이다.

농사의 천적은 병충해 두더지 등 동물들의 피해도 있지만 최고의 문제점은 풀과의 전쟁이다. 잡초는 한순간 엄청 빠른 속도로 자라서 작물을 덮어 버려서 생산품이 제대로 못 나오게 한다. 열심히 제초제를 뿌리고 일꾼들이 솎아내고 뿌리를 제거하며 제초제를 뿌리는 기간은 그 기준이 엄격하여 잘 지켜 나가고 있지만, 작물이 꽃을 피우기 시작하고부터는 제초제 사용을 금하고 있는데 잠시 눈을 돌리는 순간에도 잡초가 작물을 덮는 경우가 비일비재하다. 그래서 일일이 일꾼들이 밭에 들어가서 솎아 내지만 잡초의 성장속도를 못 따라가는 경우가 많다고 볼 수 있다. 그래서 수확량이 줄 수밖에 없는 현실을 겪고 있다.

우리 농장에서 자연농법으로 작물을 재배하다 보니 각종 나방들이 많이 살고 있고 그 나방을 잡아 먹는다고 그런지 하얀 백학떼가 모여들곤 한다. 주로 수확기가 가까워지면 그런 현상이 심하다고 볼 수 있다. 한국은 하얀 학이 개울에서 물고기를 잡아먹고 소나무 위에 새끼를 까는 것이 자주 볼 수 있는 풍경이다. 이곳은 여울도 없는 사막이고 물은 일일이 관개수 파이프로 T테이프로 뿌리를 적시는 관계로 물 한 방울 없는 사막이다. 하얀 학 떼가 허공을 한 바퀴 돌고 농장에 내려앉아서 걸어 다니는 풍경은 한 폭 수채화를 보는 느낌이다. 백학을 사진기로 찍는다고 가까이 다가가다 번번이 실패하곤 한다. 망원렌즈를 끼워서 시도해 볼 생각이지만 LA 집에 도둑이 들어서 고급카메라를 훔쳐간 후로는 아직 사진을 못 찍고 있다.

우리가 생산하는 품목은 주로 참외로, 상표로는 〈해바라기 꿀참외〉를 생산하고 있다. 그밖에 가야백자멜론을 생산하고 있고 참외와 비슷한 황금 꿀멜론이란 멜론도 생산하고 있다. 그밖에 한국 수박과 풋고추, 꽈리고추, 할라페뇨 고추는 소량 생산하고 있고 주로 많이 생산하던 무, 배추 등은 주로 계약농장에서 우리를 대신하여 미국과 멕시코 여러 지역에서 생산하고 있다. 우리의 주 생산 품목이던 무 배추가 우리 유통회사에서 많이 팔고는 있지만 직영농장 재배는 없고 전부 계약재배로 생산하고 있다.

그래서 우리 직영농장은 미국에서 늦가을 온도가 내려가 더 이상 과채류 재배가 없어 값이 폭등할 시기에 첫 출하가 시작된다. 그 시기는 시월 말에서 11월 초 사이에 시작되어 미국에서 대량생산이 시작되는 5월 말 6월 초에는 현지 농부가 생산하여 값이 폭락하기 때문에 우리는 생산을 중단하게 된다. 결국 우리가 6월 초에서 시월 말까지 5개월 휴가를 떠나도 되기 때문에 늘 미국 집이나 한국이나 세계일주를 나서게 된다.

나이가 많아도 할 일이 있으면 더 행복하게 살 수가 있고 수명도 연장된다고 한다. 산수인 요즘도 농사일을 하는가 염려하는 분들도 많지만 우리는 결코 우리의 현실이 지겹거나 싫지가 않고 열심히 농사일에 전념하고 있다. 대부분의 친구들처럼 60대 초에 직장에서 손을 놓고서 시간 보내기가 지겨운 분들을 생각하면 우리의 결정이 참 잘 되었다 판단하고 있다.

더구나 우리 부부는 아주 건강하여 열심히 농장에서 일하고 시내로 일 보러 다니지만 농장을 휘젓고 다니는데도 불편하지 않고 나는 산수를 넘겼지만 건강, 운전 등 모든 면에서 젊은 시절 못지않은 능력을 발휘하고 있다. 시도 열심히 쓰도록 두뇌 활동도 열심히 하고 있는 편이다. 그 적극적인 활동으로 치매도 물리칠 수 있다고 하니 다행이 아닐 수 없다.

전화위복과 새옹지마

혜수스 과스텔룸과 농장을 함께 하기로 계약이 되었으므로 LA에서 준비해 온 풋고추, 꽈리고추 1파운드씩을 묘상에 심었더니 싹이 나기 시작했다.

그동안 나는 라파스 시내 말레콘 근처로 머물 집을 구하러 나갔다. 라파스 시 해안가 길 말레콘은 아름답기로 베니스와 비길 수 있는 참으로 아름다운 동네였다. 내가 중국 사람으로 보였는지 소개받아 간 집은 중국계 사람들 집이었다. 한 블럭을 전부 그들 친척들이 차지하고 살았다. 같은 동양인이어서 그런지 친절하게 대했다. 그 집에 세를 들고 밥은 농장 근처에 있는 간이식당에서 해결해야 했다. 방만 세를 주었지 요리를 할 수 있는 부엌은 없었기 때문이다. 매일같이 한 30분 떨어진 혜수스 농장까지 방문하여 작물을 돌보는 걸 일과로 삼았다. 혜수스는 위험천만한 폭발물 같은 인간이지만 이때까지도 나는 그를 농사 지식이 많은 아주 좋은 사람으로 착각했다.

4개월이 지나 고추의 수확기가 다 되어가자 미국으로 보낼 일이 문제였다. 그 시절은 티화나와 라파스 사이를 연결하는 트럭킹 회사도 별로 없었다. 그래서 라파스를 본사로 둔 멕시칸항공사 아에로 캘리포니아에 알아본 결과 매주 한 번은 로스앤젤레스로 가고 한 번은 티화나로 간다고 했다. 그러면 티화나에서 미니트럭으로 국경을 통과하여 LA 도매상까지 가져가는 방법과 또 하나는 로스앤젤레스 공항으로 보낸 다음 거기서 다시 찾아서 LA 도매상에 넘기는 방법밖에 없었다.

　어쩔수 없이 나는 엘까리살에 있는 헤수스 농장과 엘에이 티화나 사이를 총알택시처럼 운전하고 다녀야 했다. 어디 한 곳에서 잠잘 시간도 없었다. 달리다가 잠이 오면 의자를 뒤로 하고 잠시 눈을 붙이고, 고개가 아프면 깨어서 달리는 생활이 반복되었다. 그 시절 멕시코 국경에는 통관 절차도 없었다. 얼마치를 실었느냐 세관검사관이 묻는 말에 얼마치라 말하고 작은 미니트럭이라서 1~2백 달러 뇌물을 내밀면 별말 없이 보내주었다. 국경을 통과하는 트럭도 별로 없던 시절이었다. 헤수스는 지극히 만족하고 나도 모든 경비를 제하고 보니 한 2만 달러가 남았다. 괜찮은 장사인 듯싶었다.

　잠시 멕시코로 오기 전 내가 웨스턴 마켓 파산 사건으로 무일푼 신세가 되었을 때 얘기를 해야겠다. 한국에서는 아시아나항공이 새로 생기면서 대한항공과 서로 파일럿을 확보하려고 뒷돈을 주고 빼가는 난장판이 벌어졌다는 소문이 들려왔다. 전에 함께 일하던 동기 파일럿들은 내가 미국에 살고 있으니 오기만 하면 바로 근무할 수 있다고 은근히 부추겼다. 동기생 조창호 기장은 "파일럿이 남새 농사가 뭐냐. 다시 와서 비행기나 타자."고 했다. 웨스턴 파산으로 닥친 어려움에서 탈출하고 싶은 마음에 나는 한국으로 나갈 궁리를 하기 시작했다.

그러나 한국에 나가 보니 현실은 또 달랐다. 대한항공 운항부에 취업을 부탁했지만 좀 어려울 것 같다고 했다. 나와 비슷한 시기에 입사했던 항대 출신 신부일 기장 역시 내 경우는 특이하게 사장이 허락을 안 한다고 의아해했다. 당시 사장은 동생 조중건 씨였는데 내 시집 『하늘 환상곡』 출판기념회에 축사도 해준 분이다.

오래 전 일이지만 이달범 기장이 비행하던 항공기가 화물을 내려놓고 공항을 출발하다가 산을 들이받고 폭발한 사건이 있었다. 이란의 테헤란 공항이었고 뒤에 조사해 보니 76년 8월 2일 기종은 보잉 707항공기였다. 부기장 지준상 씨도 나랑 친한 분이었다. 일본에서 탄 디스패쳐 한 분도 같이 사망한 사고였다. 대한항공 창사 이후 첫 번째 큰 사고였다. 그 일로 이 기장의 추도식을 열었는데 홍보실장 박강지 씨가 추도사를 나더러 쓰라고 하더니 이왕이면 직접 낭송까지 하라고 했다. 그런데 원고를 검토한 그가 맨 끝 구절이 좀 걸리는데 하며 고개를 갸우뚱거렸다. '우리 주변의 부조리를 과감히 파헤쳐 다시는 이와 같은 사고가 발생하지 않도록 심기일전 노력하는 계기를 삼아야 한다'는 구절이었다. TV에서는 내가 낭송하는 그 순간을 보도 방송했다. 그런데 방송이 나간 뒤 운항부장 전국섭 씨가 본사에 불려가서 혼이 난 모양이었다. 씩씩거리며 내게 "뭐가 부조리야, 이 친구야!" 고함을 질렀다. 그 후 내게는 부조리 담당관이란 별명이 하나 더 추가되었다. 그때 본사에서는 내게 특별히 다른 말은 없었지만 이 일로 해서 아마도 내가 괘씸죄에 걸린 모양이었다.

복직을 하고 싶다고 했지만 대한항공에서는 별 반응이 없고 아시아나에서는 김동희 이사가 주차장까지 내려와서 잘 가라 인사했지만 함께 일하자는 말도, 안 된다는 말도 없었다. 중정 고위층에 있는 분을 통해 황인성 사장에게 부탁하여 아시아나 항공 운항부에 알아보니 날 넣어주면 공사 출신들은 다 나가겠다고 했다는 답변이 왔다는 소식이다. 이래저래 아시아나는 포기할 수밖에 없었다.

달리 방법이 없어서 괘씸죄에 걸린 그 추도사 건에 대하여 자세한 내용을 적어 조중건 사장에게 보냈다. 역시 아무 대답이 없었다. 그 후 조선일보 앞을 지나는데 홍보실장 박강지 씨를 우연하게 만났다. 내가 인사를 했지만 쏘아보듯 쳐다볼 뿐 악수를 하자고도 안 했다. 할 수 없이 일방적으로 "안녕히 가세요" 하고 돌아섰다. 그때까지도 그는 꼼짝 않고 서 있었다. 무슨 그런 기구한 운명적 만남이 있을 수 있는 것인가. 그 당시로는 그가 날 도와준다고 조사를 쓰고 읽게 한 것인데 일이 이상하게 얽힌 것이다. 그에게 두고두고 미안하다. 중앙일보 분수대란 칼럼이 있는데 그 집필자가 최종율 씨였고 나중에 편집국장 언론인협회 회장까지 한 분이다. 우리가 '율' 동인을 할 무렵 고성으로 취재를 가서 서벌 시인이 지개를 지고 논으로 가는 사진을 싣고 대서특필한 적이 있고 그 후 가깝게 지내오고 있는 사이였다. 결국 시조로 인해 알게 된 사이였다.

미국 가서 잘 살겠다는 게 이제 빈털터리가 되었으니 내 자신이 한심하기 그지없었다. 살던 화곡동 집을 팔아 겨우 3만 달러를 마련해서 미국으로 갔는데, 그 집이 5억으로 올라 있었다. 다시 복직이 안 될 것 같고 몹시 우울하였다. 그 길로 홀로 속초로 빠졌다. 속초에 내려 택시로 한적한 바닷가 횟집으로 간 뒤 그곳 주인장과 밤새 폭음을 하고 가게 방에서 그대로 누워 잠이 들었다. 너무 폭음을 해서인지 다음날은 소화가 되지 않고 속이 아팠다. '어쨌든 미국으로 돌아가서 살길을 찾아보자.' 나는 다시 LA로 돌아왔다.

그 당시 복직이 되어 한국으로 간 친구들 중에는 잘된 친구보다는 스트레스와 병으로 세상을 떠난 친구들도 더러 있다. 월급은 좀 올랐지만 미국과 한국 두 나라 살림을 살자면 가난뱅이를 면치 못

했을 거고 지금 생각해 보면 한국으로 갔더라도 내 성질에 맞지 않는 환경과 스트레스를 견디지 못해서 벌써 죽었을지 싶다. 미국 오기 전 만나서 이차 삼차 하던 친구들처럼 60세 무렵이면 죽었을 거라 판단된다. 생각해 보면 역시 전화위복이나 새옹지마란 게 있기는 있는 모양이다.

헤수스 농장에서 일어난 이야기

헤수스 메인 농장 옆에는 그가 소유한 다른 농장이 또 있었다. 메인 농장과 입구가 같은 10헥타르 농장과 또 그보다 작은 5헥타르 농장을 내가 직접 경영해 보기로 했다. 트랙터 한 대는 농업잡지를 보고 캘리포니아 농장에서 사서 멕시코로 가져오고 다른 장비는 현지에서 수소문하여 구입했다. 10헥타르 땅에는 그런대로 작물을 다 심었는데 5헥타르 땅에는 반쯤이나 심었을까 싶은데 물이 오줌 누듯 졸졸 나왔다. 헤수스에게 물어보니 펌프를 다시 파면 될 거라 했다. 펌프 물 파는 전문 회사에 물어보니 막대한 돈을 요구했다. 그래서 펌프를 파고 다시 놓았는데 그래도 오줌줄기보다 조금 늘어났을 뿐 작물에 줄 만큼 충분히 나오지 않았다. 헤수스가 내게 사기를 친 거다.

10헥타르 농장에 열심히 작물을 기르고 있는 중인데 헤수스가 나타나서 돈을 좀 빌려달라고 했다. 그 액수가 약 1만 달러에 달했다.

빌려달라는 건 내어 놓으라는 말과 똑같은 거고 빌려주면 영원히 안 갚을 건 뻔할 거라 판단했다. 미친놈, 내가 사기당하여 농장 한 곳은 물도 안 나오고 작물 재배도 포기했는데 어떻게 돈 빌려 달라는 요구가 나온단 말인가. "개새끼, 한푼도 줄 수 없다" 욕을 했다.

그런데 펌퍼로 연결된 고압선을 어떻게 했는지 펌퍼 전기 연결이 끊어졌다. 사람 환장할 일이었다. 라파스 시내에 있는 그의 집으로 가서 제발 전기를 좀 연결해 달라고 애걸했다. 그가 실실 웃으면서 돈을 빌려주면 연결해 준다고 했다. 쥐어박고 싶지만 그럴 수도 없고 별달리 대책이 없었다. 중국인 주인할머니에게 며칠 후 갚겠으니 급히 돈을 빌려달라고 해서 겨우 돈을 마련했다. 다음날 헤수스가 일찍 농장에 와서 펌퍼 고압선을 연결해 주었다. 멕시코에는 막가파식 악질들이 많지만 그 중에도 헤수스라는 아주 대표적인 악질 인간을 만난 것이다.

농장에서 키운 무, 풋고추, 꽈리고추, 한국 호박은 수확 후 농장용 탑밴 트럭에 실어 내가 직접 운전하여 국경을 통과하여 미국으로 가져왔다. 그런데 도시를 지날 때면 경찰의 단속이 심했다. 경찰에 걸리면 무슨 이유를 대도 가도록 해 주지 않는다. 다 뇌물을 주어 해결해야 하는데 경찰에게까지 펑펑 풀어 줄 돈이 없었다. 할 수 없이 도시로 들어가기 전에 숨었다가 경찰이 없는 밤늦은 시간에서 새벽에 운전을 했다. 그러다 보니 도착이 늦어지는 일이 많았다. 티화나 시내에 다 와서 운동장 비슷한 곳에서 잠을 자고 있을 때였다. 누군가 플래시로 비추면서 문 열라고 했다. 영문도 모르면서 경찰서까지 순찰차를 따라 내 트럭째로 끌려갔다.

경찰 말이 마약을 싣고 온다는 정보가 있으니 내일 날 밝은 시간에 짐 검사를 하겠다고 한다. 그렇게 되면 싣고 온 작물에 문제가 생길

게 뻔해서 사정을 하니 돈을 내면 풀어 주겠단다. 비상금을 꼬깃꼬깃 양말 속에 숨겨두긴 했지만 국경 통관시에도 또 주어야 하니 난감할 수밖에 없었다. 어쩔 수 없이 비상금 2백 달러 중에 1백 달러를 그 친구에게 주었다. 그가 파출소장쯤 되는지 딴 친구를 불러서 국경까지 모셔다 주라고 했다. 국경 가기 전에 또 경찰에 잡힌다면 앞에서 붙들려서 이미 돈을 주었다고 한다고 해서 '그럼 잘 가라'고 할 경찰은 없을 것이다. 그런데 국경까지 경찰차로 칸보이하여 보내 준다니 고마울 따름이다. 비상등을 켠 경찰차가 앞에 서고 나는 따라가는데 한밤중이라 그런지 푸른 등 붉은 등 구별도 없이 막 달리더니 국경까지 데려다주고 인사까지 하고 떠났다. 그날 밤은 태평성대, 두 다리를 쫙 펴고 푹 잘 수 있었다.

국경 통과에는 에피소드가 한없이 많다. 어느 날인가 차에서 내려 낯이 익은 친구에게 통관세를 내고 차로 돌아와 보니 딴 차들이 그 사이 길게 줄을 섰다. 앞에 세관통관 박스가 있고 창문을 따라 차들은 두 줄로 나뉘어 가는데, 각 통관 박스에는 항공기 풍향계 같은 긴 봉지가 있고 검사관은 받은 돈을 그 속에 넣었다. 내 차례가 되자 내가 딴 줄에 있는 친구에게 먼저 돈을 주었다고 하니 그 돈은 그 줄에서만 유효하고 지금 내가 선 줄에서는 아니니 통과시켜 줄 수 없다는 거다. 그럼 내 돈을 돌려 달라니까 봉지로 한번 들어간 돈은 다시 집어낼 수 없단다. 빠져서 뒤로 되돌아가서 다시 줄을 설 수도 없고 머뭇거리자 뒤차들이 빵빵거렸다. 하는 수 없이 내가 선 줄 세관원에게 돈을 다시 낼 수밖에 없었다.

그곳을 통과하니 이번은 미국 측 세관원이 무슨 일이 있느냐고 물었다. 있었던 일을 설명하자 지가 뭘 안다고 "Not to bad" 하는 게 아닌가. 미국 놈 세관원이 더 미웠다. 그 후 세관사무실에 가서 돈을 지불하고 줄을 서기로 방법을 바꿨다. 그런데 국경을 통과하며 그 통관세 지불증명서를 보여 주자 검사관 친구가 그 용지를 찢어 휴지통에 던지며 "돈 내기 싫으면 줄에서 빠져!" 하고 고함을 지르는 게 아닌가. 사무실에 규정대로 세금을 내었지만 다시 돈을 낼 수밖에 없었다.

혜수스 농장에 좀 더 많은 작물을 심었다. 돈을 좀 도와달라고 하여 돈도 원하는 대로 주었다. 첫 수확이 시작되자 작물을 컨테이너에 실어 LA로 보냈다. 그리고 나는 뒤따라 비행기로 LA로 가서 팔고 다시 되돌아왔는데 수확을 해놓은 컨테이너 옆에 한국인처럼 보이는 자가 어슬렁거리고 있었다. 나중에 알게 된 이야기지만 LA에 있는 도매상이 요세미티 근처에서 트럭킹 회사를 하는 해리킴이란 그 자에게 밭떼기를 해 오라고 보낸 거였다. 그자는 호놀룰루 사탕수수밭 이민자의 후예로 한국말은 서툴지만 서반아어는 곧잘 하는 인간이었는데 공교롭게도 성씨가 나와 같았다. 그자를 보자 화가 나서 피가 거꾸로 솟았다. 죽여 버린다고 고함을 지르고 총인지 몽둥인지를 찾는 시늉을 하자 그자가 픽업을 몰고 달아나 버렸다.

그자가 달아난 뒤 혜수스에게 따지러 갔다. 그러는 동안 컨테이너는 출발했는지 농장에 없었다. 혜수스는 실실 웃으며 그자가 돈을 더 주어서 팔았다고 했다. 혜수스의 멱살을 잡고 욕을 하며 땅에 처박았다. 그래도 좀 미안하여 다시 일으켜 세우고는 먼지를 털어주며 물건을 내게 주어야 사람 도리가 아닌가 알아듣든 못 알아듣든 사정하듯 타일렀다.

다음날은 일요일인데 말레콘 집으로 경찰이 들이닥쳤다. 조사할 일이 있으니 경찰서로 가자고 나를 차에 태우더니 내 좌우로 사복경찰이 날 지키는 모양으로 앉아 내가 혜수스를 죽이려 했다는 것을 본 증인이 있다고 했다. 경찰서에는 날 취조한다고 일요일인데도 유창하게 영어를 하는 여자가 대기하고 있었다. 심문이 시작되어 자초지종을 설명하자 "멕시코는 그런 사건이 흔히 있다. 내일은 월요일이니 경찰국장에게 보고해야 하는데, 아마 헤수스와 서장이 잘 알고 있을 거다. 그러니 그때는 우리가 도와 줄 길이 없다"고 했다. 그러면서 요구하는 게 1천 달러였다. 현금이 없으니 집에 가서 회사 체크로 주겠다고 했다. 그렇게 해서 체크 1천 달러를 그 경찰에게 주고 그 사건은 일단 해결이 났다.

다음날 농장에 오니 정문에 총기를 든 보초가 서서 "세뇨르 김, 너는 절대 못 들어온다."고 했다. 헤수스는 일자 무식에 신문을 읽을 능력도 없지만 센스는 무지 빠른 인간으로 그의 밑에 대학 나온 경리 책임자를 두고 있었다. 또 헤수스 농장에는 일년에 한번씩 시날로아 주에서 온 마피아들이 몇십 명씩 와서 돼지를 잡고 악기를 연주하며 놀았다. 헤수스 동생과도 잘 알았는데 동생 비키는 영어도 잘하고 학교 교육도 받았지만 마약을 몰래 갖고 LA에 들어오다가 잡혀서 징역을 한 2년간 살기도 했다.

그날 말레콘에 있는 집에 왔지만 뭘 먹을 생각이 없었다. 떼낄라 한 병을 비웠지만 좀처럼 잠을 잘 수가 없었다. 그 개새끼는 죽이는 게 답인데 하는 생각뿐이었다. 농장에 있는 고추모종을 완전히 잘라버려야겠다는 생각도 들었다. 어떻게 잘라낼 것인지 계획도 세웠다. 밤중에 몰래 들어가서 자르자면 아마 2~3명 도움이 더 필요하겠지. 이 생각 저 생각에 전전긍긍하다가 설핏 잠을 설치고 새벽녘에 잠시 선잠을 잔 모양이다. 서둘러 일어나 내 트랙터 장비 일체를 잘 알고 지내는 하이메란 농부 농장으로 옮겼다.

그때 어쩌면 내가 첫 컨테이너 값으로 준 수표가 은행에서 결제되지 않았을지도 모른다는 생각이 번쩍 들었다. 다음날 아침 LA BOA 은행에 전화를 걸었다. 예상대로 돈이 아직 빠지지 않았다. 그래서 지불정지(Stop Payment)를 했다. 경찰에 준 돈도 지불정지를 했다. 그러고는 비행기로 바로 로마린다 집으로 왔다. 전직 마피아인 그자의 후환이 두려웠기 때문이었다. 혜수스에게 줄 돈을 지불정지 했고 게다가 경찰에게 준 체크도 지불정지하여 더 이상 라파스 공항으로 갈 수 없는 형편이 되었다. 수소문 끝에 콘스티투시온 시에 아주 좋은 농부 이시드로 까마리요란 분이 있다는 소식을 듣고 그분을 만나러 로렐또 공항에 내려 그분을 찾아갔다. 로렐또와 콘스티투시온은 약 3시간 거리로 불편함이 별로 없고 그 시절 경찰의 정보력으로는 내가 로렐또 공항으로 오는지도 모르는 시절이었다.

　나중에 혜수스와의 일이 좀 찜찜하고 마음에 걸려 혜수스에게 전화를 해서 LA에 오면 내가 지불정지한 돈을 주겠다고 했다. 그가 LA로 오자 돈을 현금으로 주고 호텔에 재워 주었다. 그 대신 내가 라파스로 가면 신변보호를 해 주기로 했지만 그자와 다시 동업을 할 생각은 전혀 없었다.

로스플란네스 농장에서 일어난 일

이제는 로레또 공항에 내려서 콘스티투시온 시의 거대 농장주인 이시 까마초를 만날 계획을 세웠다. 그는 농부로서는 최고 기술의 농부에 속했다. 나중에 정치로 나간 이후 문제가 많았지만 우리가 계약농장에서 생산한 물품으로 형편이 좀 풀린 것은 오직 까마초를 만난 후부터라 생각된다.

이시 까마초는 농업기술이 좋고 성격이 온화하여 대인관계에 전혀 무리가 없는 농부였다. 그라면 파트너 관계도 좋고 사업에 성공할 수 있을 듯했다. 까마초와의 새 인연이 시작된 것이다. 그뿐 아니라 그 바로 밑 동생인 토니 그 아랫동생 헥토르 그리고 그의 아들 세 사까지 잘 알게 되었다. 까마초는 농부이면서 정치에 꿈을 두고 있는 사람이었다. 시장 선거에 나가 낙선을 했지만 PAN당 지역위원장을 맡고 있었다. 또 비서였던 자기보다 키가 한 뼘이나 큰 아가씨를 첩으로 삼아 라파스에 살림을 차리고 예쁜 딸을 둘이나 낳았다.

그러다가 한국의 유정회 비슷하게 돈으로 사는 국회의원이 되어 국회 농림분과 소속으로 있으면서 네덜란드 농업시찰도 가고 유수한 농업잡지에 표지인물로 실리기도 했다. 그가 갖고 있던 농장이 바로 지금 내가 소유한 로스플란네스 농장 75헥타르이다.

로스플란네스 농장은 동생 토니와 헥토르가 운영을 맡았는데 어떻게 운영을 하는지 문제점이 많았다. 토니는 까마리요 땅 75헥타르 외에 이시드로가 빌린 땅 60헥타르에 자기 농장 10헥타르를 돌리고 있었는데 형 농장은 관심이 없고 자기 농장에만 열심이었다. 형 농장은 온 천지에 풀투성이고 자기 농장은 거울처럼 반짝반짝했다. 몰래 돌린 돈이 남아도는지 콘스티투시온 시에 사는 본처 가족들은 돌보지 않고 근처의 농장집 아가씨를 첩으로 두고 살았다.

로스플라네스 농장 입구에는 아주 좋은 25헥타르 농장과 또 동네 뒤쪽 50헥타르짜리 농장이 있었는데 물은 한 펌퍼에서 썼지만 두 농장 다 땅은 참 좋았다. 그 농장 주인인 안토니오 꼴룽가는 나이가 90이 가까운 노인이었다. 그런데 그 농장을 LA에 있는 M도매상이 계약을 하고 한국인 김씨를 총책임자로 보냈다. 농사는 주로 땅주인 꼴룽가 아들이 시켜서 지었다.

한국인 김씨는 월남전에도 갔다온 위인으로 이름이 나와 비슷하여 동생같이 여기고 친절하게 대해 줬다. 그런데 그 김씨가 농사를 총책임졌지만 농사에 대해 아는 게 없으니 이시드로 농장 물건을 빼낼 궁리를 했다. 우리 컨테이너가 출발하고 나면 창고에 40%쯤 우리 작물을 숨겨 놓았다가 딴 차로 빼돌리는 수법이었다. 토니가 그 김씨와 죽이 맞아 매일 동네 식당에서 만나 수군거리다가 우리가 식당엘 들어가면 뒤로 숨거나 우물거리며 나를 바로 쳐다보지도 못하고 식당 뒤 간이식탁으로 달아나기 일쑤였다. 내가 이런 사정을 말했지만 이시드로는 "내 형제가 그럴 리 없다. 모함하지 말라"고 화를 냈다. 내 농장이 아니니 엉망으로 돌아가는 운영이 딱하고 한심해도 어찌해 볼 수가 없었다.

동네 북쪽에 있는 까마리요 50헥타르 밭에서 첫 가야백자를 수확하는 날이었다. 토니가 픽업에 구루마 바탕가를 끌고 와서 농장 코너에 있는 작은 집 뒤에 몰래 숨겨놓는 게 아닌가. 그걸 우리 아내가 목격하고 꼼짝하지 않고 수확 장소를 지키고 있는데 토니가 와서 작업 중이니 창고로 가라고 했다. 아내가 이곳을 지켜야 하니 갈 수 없다고 거절한 뒤 내게 전화를 했다. 토니가 푸른색 바탕가를 끌고 갔으니 어디로 갔는지 찾아보라는 거였다. 아니나 다를까 그 바탕가는 김씨의 꼴룽가 농장에 가 있었다.

김씨는 그 후 꼴룽가 농장에서 100헥타르, 또 시내에 가까운 50헥타르를 더 빌려 농사를 지었지만 남의 손을 빌려 하는 농장이 잘 될 리 없었다. 그는 로스플란네스에 온 지 20년 만에 암에 걸려 죽었고 M도매상도 더 이상 버틸 수 없었는지 멕시코 농장을 포기했다. 나는 그 친구가 하던 농장에서 장비를 일부 구입했다.

이시 까마초가 대농장을 갖고도 파산을 한 것은 순전히 농장 운영은 소홀히 하고 딴 데 눈을 돌린 게 원인이었다. 돈이 없으니 누구도 당위원장을 맡으라고 하는 사람이 없었다. 그래서 결국 갖고 있던 콘스티투시온 농장은 다 은행으로 넘어갔고 큰 창고 하나도 딴 사람 것이 되었다. 그리고 이곳 로스플란네스 농장은 우리가 사게 되었다. 첩으로 데리고 살던 여자는 아이 둘을 부모에게 맡기고 딴 사람을 찾아서 훨훨 날아가 버렸다. 훌륭한 농부가 딴 짓에 눈을 돌리다가 비참한 결과를 맞게 된 것이다. 해외시찰도 멕시코시티에서의 정치인들 파티도 그리고 첩과의 행복한 순간도 다시 돌아올 수 없게 된 것이다. 잘못 사는 게 이렇게 허망한 일이라는 걸 깨달았을 때는 만사가 다 헝크러진 후의 일이 된 것이다.

그런 사정으로 나는 꿈에도 상상하지 못한 75헥타르 대농장 주인이 된 것이다. 팩킹하우스가 있는 농장은 25헥타르로 물펌프가 있고 북쪽 동네 뒤편 50헥타르 농장이 있었는데 물파이프로 연결되어 있다. 그 후 어느날 이시드로가 우리 농장에 변호사를 대동하고 오더니 농장에 묻힌 파이프는 자기 것이니 파 가야 한다고 주장했다. 무슨 소리냐 살 때 다 포함된 것이다, 농장 따로 파이프 따로가 말이 되느냐 하는 생각에서 고성이 오고 갔지만 아내 말이 지금 이렇게 사는 게 다 이시 까마초 덕이니 그냥 달라는 대로 준다고 하자고 했다. 그래서 4만 달러를 주기로 하고 매월 1만 달러씩 송금해 주는 걸로 끝났다.

이렇게 이시 까마초와의 거래는 끝났지만 그때 가르쳐 준 한국 채소 재배 농업기술로 그는 지금도 한국 고추, 꽈리 고추, 배추, 무, 참외 등을 재배하고 있다. 그리고 작물들을 LA에 사는 그의 큰딸 사위가 하는 도매상에 팔고 있으니 지금도 나와 그는 경쟁업체인 셈이다. 큰딸 사위는 M&M이란 야채도매상에서 일하다가 한 1년 전 독립하여 새로 도매상을 차린 일본계 미국인이다.

까마초가 하던 지금 우리 농장은 겨울철 농사를 하기 위해서 온실에서 각종 모종을 키운다. 그런데 첫 모가 파릇파릇할 무렵에 한인이 하는 M도매상이 수작을 부렸다. 모판을 다 그의 동생이 하는 로레도 인근의 농장으로 다 옮겨 가고 지금 우리 농장은 폐허처럼 변했다.

내가 그 농장을 사기 직전의 일이었다. 이시 까마초와의 관계는 끝이 난 것이다. 하는 수 없어서 다음해 콘스티투시온시 인근 인슈르헨테에 있는 대농장주 피델메디나와 그의 사위 후안 디아스를 만나 새 인연이 시작되었다. 피델메디나는 농장이 8군데 800헥타르의 땅에 미굴지의 몰몬계 야채회사와의 계약으로 주로 멕시칸 채소를 재배하지만 한국채소 배추, 풋고추, 꽈리고추를 재배하고 있다. 그의 사위인 후안디아스는 지금도 열심히 우리 회사 농산물이 미국으로 가도록 트럭킹을 책임지고 있다. 피델메디나 농장은 컴퓨터 시설을 갖춘 대규모 팩킹 시설이 있다. 대농장주답게 지금까지 우리와 거래를 계속해 오고 있다. 주로 배추 재배를 하는데 무는 새로운 씨앗이 나와서 국경 가까운 엔시나다 농부가 재배하고 있다. 여름철은 주로 시애틀 근교의 한인 농장에서 재배하는 무를 제일 상품으로 쳐 준다. 요즘 작업 환경이 바뀌어 우리 로스플란네스 농장도 가끔 무를 재배할 때도 있다. 무가 쫑이 나서 품질이 안 좋을 시에 팔 수 있고, 값이 안 좋으면 그냥 갈아엎기 일쑤로 보면 된다.

콜리마주 농장에서 일어난 일

멕시코 본토 쪽인 콜리마주로 진출하게 된 이야기를 좀 해야 하겠다.

우리 농장지역인 라파스 근교는 겨울철 1월, 2월은 너무 추워서 멜론류가 잘 안 된다. 그래서 아그리본이란 망사이불 같은 걸 덮어서 온도를 높여 주어야 한다. 대체로 12월 중순에서 3월 중순까지 3개월이 문제인데 1월에서 2월은 특히 더 추워서 과일이 제대로 자라질 못한다. 그래서 생각 끝에 본토의 더 남쪽 콜리마주로 가볼 생각을 하게 되었다. 지금은 지구 온난화로 이곳도 약간의 생산이 가능하다. 1월에서 3월 중순까지는 현재 우리는 멜론류 생산을 이곳 농장에서 안 하고 있다.

콜리마주는 라파스보다 훨씬 남쪽이라 열대성 과일인 망고, 파파야, 사탕수수, 아보카도, 수박, 멜론류가 많이 재배되는 곳이다. 콜리마주 데꼬만 시에 도착한 뒤 나는 길에서 만난 농부를 붙잡고 내가 온 이유를 설명한 뒤 도움을 청했다. 그러자 그는 어느 농장을 소개해 주었다. 그곳에 가 보니 농장주가 아주 유창한 영어를 쓰는 미국인이었다. 말이 통하는 그를 만나니 그제야 나도 살 것 같았다. 그는 친근하게 자신이 그곳에 와 살게 된 내력을 말해 주었다. 텍사스가 고향인 그는 아버지가 처음 농장을 시작했지만 마피아에게 살해되자 그 후 자신이 맡아서 농장을 경영하고 있다고 했다. 그는 80헥타르 농장에서 캔탈로프 멜론과 흰색인 허니듀멜론을 재배하여 일본으로 수출한다고 했다. 그가 시장을 지낸 적 있는 후안 씨를 소개해 주었다.

후안 씨를 만나 멜론 농장을 해보자고 했더니 그도 동의를 했다. 그 일이 잘 되어 데꼬만에 있는 후안 씨 농장에서 작물 재배를 시작했고 그 뒤에는 참외와 수박을 미국으로 수출까지 하게 되었다. 나는 그 동네에 집을 새로 얻어 살게 되었는데 그 동네는 너무 가난하여 사람들이 다 추레하게 느껴졌다. 어른들은 문밖에 의자를 내어 놓고 밖을 내다보는 게 유일한 소일거리인 듯싶었다. 내가 지나가면 이상한 중국인 치노가 지나간다고 창밖으로 내다보는 노인들의 호기심 가득한 눈알들이 다 날 바라보고 있었다.

그곳은 동네는 가난해도 바닷가와 가까운 훈훈한 지역이라 해안가 카바레는 밤이면 불야성을 이루었다. 그곳에 후안 씨의 초대로 가 본 적이 있었는데 콜리마주, 미추아칸주 전 지역에서 온 선남선녀들이 담소하고 술 마시고 춤추며 별천지를 이루고 있었다. 어떤 미녀가 춤추자고 나에게 와서 같이 나가자고 했다. 춤이라면 한번도 추어본 적 없는 나는 미안하지만 춤은 못 춘다고 했다.

며칠 후에는 콜리마주 해안을 거쳐 미초아칸 주 해안으로 운전을 하며 해안가 절경을 구경했다. 나 혼자 보는 것이 아까울 정도로 아름다운 절경이 구비구비 펼쳐져 있었다. 그 중에 천국 해안이란 뜻을 가진 쁠라야 빠라이소란 해안은 천국이란 이름이 붙었지만 해안가 모래가 전부 검은색이었다. 또 콜리마주에는 연기를 내뿜고 있는 활화산이 있는데 그 활화산 밑은 관광지가 조성되어 가게 술집이 즐비하게 늘어서 있다. 그곳도 후안 씨 초대로 함께 가 보았다. 검은 연기가 솟구치다가 한번은 붉은 불기둥이 솟기도 하는 모습이 장관이었다. 만약 폭발하여 용암이 흘러내린다면 어찌 될까 싶었다.

다음 해 후안 씨는 첫 작물 재배에 재미를 붙였는지 아니면 친구와 무슨 계약을 했는지 농장을 미초아칸 주 아파친칸으로 옮겨 보자고 했다. 미초아칸주 아파친칸과 우루아판은 멕시코 마피아가 아주 심한 지역이다. 그 미초아칸 마피아가 멕시코 시티까지 관할하고 해외 콜롬비아에도 지부가 있다고 하였다. 모가지를 잘라서 육교에 걸어 놓는다고 하지만 그 장면을 직접 보지는 못하였다.

새로 옮겨간 농장은 요새와 같았다. 산으로 빙 둘러싸여 있어서 바람도 심하게 불지 않고 마피아 동네를 생각하지 않는다면 천국 속 요새 같은 곳이다. 성터로 보이는 곳에 무너진 집이 있었는데 수리하여 별장으로 사용해도 훌륭하겠다는 생각이 얼핏 지나갔다.

그곳에 사는 부녀자들과 아이들도 너무 가난했다. 늙은 할머니조차 일자리를 찾아 농장에 와서 일을 했다. 일꾼이라야 늙은 할머니와 어린 아이들 뿐이고 나이가 좀 든 청년들이나 처녀들은 도회지로 또 미국으로 건너가고 마을에는 한 명도 구경을 할 수가 없었다. 그 미초아칸주 모렐리아시 근교에는 아름다운 호수가 있는데 그곳에는 미국인들이 몰려와서 마을을 이루고 산다는데 직접 가 보지는 못했다.

시장을 지낸 적 있는 그 떼꼬만 농부와도 오래갈 수 없는 일이 생겼다. 작물을 실은 트럭이 농장을 떠나면 어디서 무슨 짓을 하는지 3일이면 도착되어야 할 국경지역에 어떤 때는 일주일이 걸릴 때도 많앉다. 그런데 그 사이 쿨링시스템인 떠모킹을 한 번도 틀지 않았는지 겉은 말짱한 수박과 멜론이 아예 말랑말랑하였다. 노갈레스 국경을 거쳐 LA로 가자면 또 하루나 이틀이 걸리는데 국경에서 벌써 말랑말랑하니 어쩌란 말인가. 참 환장할 노릇이었다. 아마 마약을 운반하지 않았나 하는 생각이 들었지만 함부로 말할 수 없는 일이었다. 그래서 그 전직 시장 농부와의 인연도 접고 말았다.

농장을 함께 하는 동안 LA 우리 집에도 초대하고 캘리포니아 명승지도 두루 구경을 시켜 준 적이 있는데 그렇게 싱겁게 끝나고 말았다. 그 가난한 동네 해안가 주점에서 잘생긴 미인 미남들이 춤추며 노래하던 기억을 떠올리면 지금도 마음이 뭉클하고 애잔해진다.

2부

시조월드란 잡지가 폐간되고 어린이시조 사랑 운동이 중단된 것은 나로서는 참으로 애석하기 그지없는 일이었다. 그후 나의 어린이 시조운동을 계승한다고 부산의 서관호 시인이 '어린이 시조나라'를 창간했고 지금까지 그 잡지를 꾸준히 내고 있다.

대만계 중국인 주광천 씨 이야기

    중국인 주광천 씨와의 인연을 다시 한번 짚어봐야겠다. 주광천 씨는 내가 LA 온타리오에서 농사를 처음 시작할 무렵에 알게 된 뒤 농장을 레드랜드로 옮기고 나서도 인연이 계속되었다. 그는 나와 동업으로 비행장 근처 정부 땅을 빌려 함께 농사를 지었다. 그러나 캘리포이아에서 중국계 농장으로는 최고 농장인 럭키팜 랴우의 텃세로 얼마 못 가 농장 문을 닫게 되었다. 랴우는 나랑 비슷한 시기에 온타리오에서 시작했지만 식구가 많고 전부 농대를 보내어 온 가족들이 농장 매니저를 맡아서 확장을 했다. 내가 가는 곳을 따라 근처에서 농장을 했고, 멕시코로 내려온 후에도 우리 농장을 둘러보고 그 후에 다시 일본계 카보차 호박 재배 기술고문이 되어 우리 농장을 찾아와서 실험재배를 한 적이 있었다. 카보차 재배는 성공하여 아주 우수한 카보차 호박이 생산되었다. 그가 우리와 로스모치스에 농장을 시작하는 지혜를 발휘했다. 현재에도 중국계 농장으로는 최고 농장 위치를 유지하고 있다.

주광천 씨는 우리와 잘 지낸 덕분으로 우리가 경제적인 무슨 문제가 있는지 속속들이 파악하고 있었다. 웨스턴 마켓 파산으로 무일푼이 되어 농장에서 쓰던 트랙터며 파이프를 팔아야 했을 때, 8만 달러에 그 일본계 회사에 팔게 된 것도 순전히 주광천 씨가 주선을 해준 덕분이었다. 농장을 폐업하고 농기구를 처분하자면 순순히 제 값을 받고 팔기 힘들다. 만약 농장을 폐업하고 농기구를 판다면 값도 제대로 못 받고 내 땅도 아닌 곳에서 몇 년을 세워 놓고 팔 수도 없는 노릇일 것이다. 그런데 내 땅도 아닌 농장에서 폐농기구를 몽땅 한꺼번에 제 값에 팔 수 있었던 것은 그의 도움이 없었으면 불가능했을 것이다. 그 사건은 우리에게 행운이 왔다고 볼 수 있다.

한번은 주광천 씨가 멕시코 본토 쪽 유명 관광지인 뿌에르또 바야르따에 있는 농장에 가보자고 제의했다. 뿌에르또 바야르따는 미국인들이 많이 거주하는 관광지역으로 나는 그곳에 농장이 있는지도 잘 몰랐다. 시내에서 약 15분 떨어진 라스팔마스란 동네의 농장은 규모는 작았지만 그런대로 땅은 좋아 보였다. 그래서 그 농장을 세를 얻어서 그와 내가 동업을 하기로 결정했다. 농장에는 오래된 집이 한 채 있었는데 저녁에 맥주를 한잔 하고 누워 있노라면 풀벌레 울음소리에 잠을 청하기 힘들었다. 세상에 그렇게 온갖 풀벌레 소리가 창문 없는 창으로 물결처럼 쏟아져 들어오는 곳은 처음이었다. 세상에 그런 천국이 다시 없었다.

그런데 여름에 비가 억수로 쏟아지자 산중턱에 있는 저수지의 보가 터졌다. 저수지 물이 범람하여 다행히 농장을 휩쓸지는 않았지만 물이 거의 지붕까지 차고 말았다. 밭에 옮겨 심을 계획으로 온실에서 키우고 있던 작물들은 흔적도 없이 떠내려가고 주광천 씨가 대만에서 가져와서 2헥타르에 심은 구아바 나무만 그대로 살아 있었다. 그 구아바 나무 한 그루는 지금도 우리 LA 집에서 자라고 있다. 구아바 열매는 보통 탱자보다 작은 게 보통인데 우리 것은 주먹만 한 크기로 맛이 참 좋다. 구아바 나무는 그 후 대만 정부가 더 이상 해외 묘목 유출을 막고 있다고 한다. 그 해 농사는 망했지만 이듬해 우리는 다시 도전하기로 했다.

농장에는 열대성 중국 과일과 우리나라 수박과 참외를 주로 심었다. 컨테이너에 첫 수확한 작물을 실어 보내고 두번째 수확을 할 때 쓸 비용을 찾으러 주광천 씨가 시내에 있는 은행으로 갔는데 오지를 않았다. 그 길로 행방불명이 된 것이다.

한 삼일 후 마피아에게서 만나자는 전화가 왔다. 시내에는 멕시코 연방경찰과 미국 FBI도 사무실을 열고 있었는데 우리 연락을 받은 그들은 사람 목숨이 중하니 자기들에게 알리지 말고 직접 협상하라고 했다. 그래서 마피아에게 내가 전화를 걸어서 약속 장소를 정했다. 그들은 만나자 1백만 달러를 요구했다. 우리는 가난뱅이 농부들이고 작년 큰물이 나서 돈도 한푼 없다고 했다. 그들은 미국 은행에 돈이 있지 않느냐고 했다. 우리는 사는 집도 변변치 않다. 그러니 은행에 거금이 들어있을 리 만무하다고 했다. 그렇게 헤어진 한 이틀 뒤에 다시 전화가 왔다. 마지막 양보할 수 있는 선은 2만 달러라고 했다. 약속한 날 그들에게 2만 달러를 넘겨주고 주광천 씨가 행방불명된 지 9일 만에 작은 지도 하나를 얻었다. 그 지도를 따라 찾아가니 길가에 주광천 씨가 거의 초죽음 상태로 누워 있었다.

마피아들은 그동안 그를 산중턱에 있는 벙크 속에 넣어 놓고 식빵 한 봉지, 코카콜라 큰병 한 병을 주는 게 전부였다. 신발을 신은 채 세워두고 목에 자물쇠를 채웠다고 한다. 그동안 선 채로 오줌 똥을 싸서 그의 온몸에서 똥냄새가 코를 찔렀다. 우선 농장으로 데리고 와서 목욕을 시킨 후 FBI에 연락을 취했다. FBI는 미국 시민이라 그랬는지 특별기를 내어 온타리오 공항까지 데리고 갔다. 그 후에는 그의 아들과 아내가 그를 병원에 입원시키고 돌보았다. 내가 우리 아내에게 그와 함께 농장을 계속하겠다고 하자 이혼하기 전에는 절대 안 된다고 펄펄 뛰었다. 그래서 그 농장을 관리할 꿈도 접고 말았다. 지금 멕시코에는 대만 것과 같은 대형 구아바가 흔한데 그 첫 시작이 그때 그 농장에서 시작된 듯싶다.

주광천 씨는 너무 놀라서 그랬는지 그 일이 있은 뒤 대만 고향으로 떠났다. 온타리오에서 패션 디자이너로 일하고 있던 아내는 집안에 있는 풀장에서 심장마비로 죽고 말았다. 그후 그는 장례를 지낸 뒤 다시 대만 고향으로 갔는데 몇 년 후 고향 어릴 적 동창생 한 명을 데리고 다시 와서 지금 솔트레이크 호수 가까운 브로리에서 작은 과수원을 하고 있다. 주광천 씨는 농업에는 박사이고 아는 게 참으로 많은데도 아직 가난뱅이 농부를 못 면하고 있다.

내가 몇 년 전 그의 집에 찾아가 여기서 이렇게 고생하지 말고 멕시코 우리 농장에 가서 함께 일하자고 했다. 그때 마침 그의 새 마누라가 옆에 와서 무슨 이야기를 그렇게 하고 있느냐고 물었다. 그가 내가 한 말을 해 주자 그 마누라가 펄쩍 뛰면서 멕시코 이야기는 두 번 다시 꺼내지도 말고 나더러 빨리 가라고 했다. 저녁도 못 얻어 먹고 떠날 수밖에 없었다.

도로에서 경찰에 체포되다

윈드워드팜은 홍영진 씨의 소개로 행운을 잡은 마켓인데 베니스비치 나가는 한 블럭 떨어진 로터리 곁의 마켓은 장사가 비교적 잘 되어 우리가 행운을 잡았다고 말한 적 있다. 그 마켓을 할 적 이야기이다. 어느 날 시장에서 주로 야채를 사서 싣고 오는 날이었는데, 우리 마켓 근처에 그날따라 로스앤젤레스 근교 LA 마라톤 달리기대회가 열렸다. 경찰 몇 명이 교통을 정리하고 차들을 되돌아가게 하고 있었다. 몇몇 대형차들이 그대로 통과되는 것을 목격하고 가까이 가자 여경찰이 고함을 지르고 되돌아가라고 말했다. 트럭을 오던 길로 되돌려 놓고 대형차는 그대로 통과시켜 주는데 나만 되돌아가게 하느냐 말할 생각으로 걸어서 여경찰에게 말을 하려고 하는 찰나, 옆에 있던 남자경찰이 나에게 달려들며 수갑을 채우려 하고 있었다. 나는 몇 걸음 뒤로 물러나다 눈물 나게 하는 스프레이를 얼굴에 뿌렸는데 얼굴을 돌려서 목덜미에 그 체류액이 뿌려졌다. 사건이 터지고 만 느낌이라서 순순히 시키는 대로 따랐다. 그들은 내 차를 마켓까지 운전하고 가도 좋다고 했다. 마켓에 오자 수갑을 채우고 그들 차를 탄후 경찰서로 가게 되었다. 경찰서에 도착하자 즉시 수갑을 풀어 주고 자초지종을 다시 말해 보라 하였다. 아주 친절하게 그럴 수도 있다면서 즉시 마켓으로 다시 태워 주었다. 문제는 별로 없었던 듯싶었는데 며칠 후 재판을 받으러 오라는 연락을 받았다.

  그래서 한인타운 범죄담당 변호사인 민병수 변호사를 찾아가서 상의했다. 무죄를 입증하기는 힘들고 유죄를 시인하고 벌금을 약간 받는 쪽으로 해야 무난하게 끝날 수 있다고 말했다. 아무 잘못이 없는 일로 유죄를 인정하는 것은 힘든 일이라 말하자 민병수 변호사는 무죄가 나오지 않을 것이고 나중에 재판이 계속되면 살림도 거덜날 것이라 말했다. 그 자리에 서 있던 우리 고객들은 아무도 증인을 서 주려고 하지 않았고 내가 그런 사람이 아니라고 추천서를 써 주려는 베니스비치 미국인 단체도 없었는데 베니스비치 한인 상업인협회 회장만 용지에 사인을 해 주었다. 재판은 약 6개월이 걸린 후 끝났다. 그날 민병수 변호사는 오지도 않고 흑인 변호사를 대신 보냈다. 변호사비 6천 달러에 도로소란죄란 명목으로 법원에 1천 5백 달러 합계 7천 5백 달러를 내고 다 끝났다. 그 사건으로 도로에서 무슨 사건이 생기든지 경찰하고 똥은 피할수록 좋다는 교훈 하나 얻은 셈이다. 도로상에서 무슨 일이 생기든 무조건 삼십육계 막 달아나는 습관이 하나 생겼다.

멕시코에서 이런 사람 조심하기

아구스틴 농장에 세 들어 한해 농사를 지은 적 있다. 아구스틴은 전직 도지사의 아들이다. 영어가 유창하고 내가 직접 만난 적 없는데 농장 세를 얻을 때 구하다할라에서 사업한다고 얘기하길래 그런 줄 알았다. 구두로 문서 없이 계약했는데 세는 지금 당장 내고 내가 사업이 잘 되면 이익의 10%를 더 내라고 말했다. 좀 찜찜했지만 그러겠노라고 약속했다.

그 농장으로 들어가는 길은 연방경찰의 검문이 심했다. 나중에 안 일이지만 그 농장은 콜롬비아에서 마약을 싣고 오는 비행기가 착륙하다가 사고가 났고 그 사건으로 아구스틴이 붙잡혀서 감옥에 들어가서 옥살이를 하는 중이었다. 세를 주기 위해 그의 부인을 만났는데 아주 미인이고 아들 딸이 있었는데 다들 어찌나 잘생겼는지 꼭 천사들의 가족 같았다. 농장 관리인이 있었는데 그 작자의 이름도 주인과 같았다.

농장은 땅도 기름지고 물 펌프 압력도 좋아서 농장을 하기는 일급 농장이고 모래가 좀 많은 사질양토라서 더 좋았다. 무를 심었는데 아주 예쁜 무가 나왔다. 내가 갖고 있는 차가 소형 탑밴 트럭이라서 무를 싣고 가기엔 감당할 수 없는 소형트럭인데도 욕심에 실을 수 있는 한 최대로 실었다. 농장을 빠져나와 한 30분 운전하다 깊게 파인 곳을 지나는 순간 타이어가 차체에 닿아서 터지고 말았다. 타이어 수리상을 찾아 타이어 수리를 했지만 안심이 안 되어 차 뒤편에 실은 무를 양쪽에서 반씩 들어내어 한 팔렛 정도를 길가에 버렸다. 반씩 들어내는 것은 무게 밸런스를 맞추자는 판단이었다.

산타로사리아를 지나서 한 시간쯤 더 가면 아주 높은 산으로 오른다. 구불구불 굴곡이 심한 산언덕을 올라가는데 아무래도 엔진이 꺼지면 차를 세울 수 없다고 판단했다. 그렇다면 어쩔 것인가, 차를 절벽으로 추락시키고 나는 차문 밖으로 뛰쳐나올 수밖에 없다고 판단했다. 그래서 가방을 무릎 위에 얹고 차문은 열어놓은 채로 비행기 비상탈출하듯 원, 투, 쓰리 밖으로 뛰쳐나오는 연습을 반복하며 긴장감으로 차의 엔진 계기를 계속 살피며 전진을 했다. 하도 엔진 능률에 비해 무거워서 차는 꼭 거북이 걸음으로 슬슬 올라가고 있었다. 절벽 밑은 까마득하여 그곳에 굴러떨어졌다가는 살아날 보장이 없었다. 드디어 산 정상에 도달했고 좀 안심이 되었다. 가장 가파른 산은 이것으로 끝나고 그 후는 위험한 곳은 없었다. 그런데 국경 다와서 티화나 버스정류장을 지나면 가파른 고개가 있다. 그곳을 통과하며 엔진에서 탕탕 비정상적인 소리가 났다. 그래도 무사히 그 고개를 넘고 드디어 세관지역을 통과하고 이제는 미국 땅으로 들어서서 우리집 로마린다로 가고 있는데 탕탕 트럭턱 하던 엔진이 꽝 소리도 요란하게 깨어지고 말았다. 우리 집 곁에 참 친절한 자동차 수리공 엔지니어 사무엘 씨가 있었는데, 밤중에 우리 큰아들이 그에게 연락하여 다음날 이른 아침에 국경 근처의 차량까지 와서 막대기로 연결하여 로마린다 정비업소까지 무사히 견인했다.

농장이 참 욕심이 나서 그곳에서 계속 농사를 지을 생각을 하고 있었다. 그런데 그 주인 아구스틴이란 자가 로마린다 집으로 전화를 했다. 네가 돈을 많이 벌었으니 그 10%인 5만 달러를 내놓으라는 말이었다. 야 미친 놈아 내가 마리화나를 심은 게 아니고 무를 심었다, 미국에서 5~6달러에 파는데 5만 달러라니, 그 돈이면 너희 농장을 살 돈이다, 너 미쳤냐 하고 응수했다. 그런데 그자는 매일 밤 12시경이면 일주일 내내 전화를 했다. 잠들 무렵이면 전화가 울렸고 그 자는 반복하여 공갈을 쳤다. 그래서 감옥에 있는 마피아와 싸울 수도 없고 내가 큰소리 한번 쳤다. 야 이 친구야, 네가 날 찾기는 힘들겠지만 나는 너희들 가족과는 언제나 만날 수 있는 위치에 있다. 허튼 수작하지 말고 인사로 1만 달러를 줄 터이니 이것이 마지막이다. 니가 그 돈을 안 받겠다면 그 후는 죽이든지 어쩌든지 니 마음대로 하라 하고 최후통첩을 했다. 한참을 생각하더니 오케이 좋다 하고 말했다. 은행명과 계좌번호를 물으니 미국 은행명과 계좌번호를 알려주었다. 다음날 그 계좌로 돈 1만 달러를 입금시키고 라파스로 돌아와서 그 농장에 있던 모든 장비를 하이메 농장으로 옮겨 놓았다. 다시는 생각하기 싫은 놈이었다. 멕시코에서는 유창한 영어를 하는 놈은 언제나 조심하는 것이 그 후에 생긴 버릇이다.

벤처농업에 대하여

　사람들은 누구나 빨리 부자가 되고 싶어한다. 그렇다면 지금까지 아무도 생각하지 못한 새로운 아이디어를 갖춘 벤처라야 부자가 될 수 있다. 후발주자가 남들이 앞서 해온 일을 비슷하게 흉내 내어 일을 벌려서는 결코 돈을 벌 수 있는 기회가 오지 않는다. 그런데도 욕심에 그런 짓을 반복하는 이들을 많이 보게 된다.

　처음 멕시코로 올 때 내가 생각하고 실천에 옮긴 농업 관련 아이디어는 아무도 생각하지 않은 분야였다. 그 당시 미국에서는 작물을 온실에 심어서 비싼 값을 받고 파는 게 일반적이었다. 어느 정도 규모 있는 한 1백 에이커 농장을 가지려면 우선 온실을 지어야 했다. 또 수확하는 팩킹 하우스, 농장주가 살 집, 그리고 작물을 싣는 닥을 만들어야 하니 1백만 달러로는 어림도 없었다. 그래서 단돈 1만 달러도 없는 나로서는 트로피칼 지역을 생각할 수밖에 없었고 그 아이디어를 실현시키기 위해 가본 적도 없는 곳을 찾아서 멕시코까지 내려올 생각을 한 것이다.

트로피칼 지역에 북회귀선이 지나는데 그 Cancer of Tropical 지역에서 적도선까지는 야외농장에서도 고추나 멜론, 수박 등이 잘 자라 온실 없이 농사를 지을 수 있는 것이 상식이다. 농부들은 자기 마을 밖은 잘 모르는 게 세계 어디나 비슷하다. 또 누가 돈을 벌었다 하면 죽어라 그 작물을 따라 심는 게 늘 하는 일이다. 가령 올해 양파가 값이 좋다거나 토마토 값이 좋다면 다음해에는 우루루 양파나 토마토를 심어서 수확도 못하고 버리거나 손해를 보기 일쑤다. 그런데 이제는 농사 정보가 하도 빠르고 씨앗회사도 국제적으로 움직여서 한국 씨앗 시장을 멕시코 재벌이 소유하는 그런 일이 생기고 있다. 멕시코 어느 씨앗회사나 거의 모든 한국 채소의 씨앗을 다 팔고 있다. 그러니 그 벤처 아이디어는 이미 끝난 것이다.

그렇다면 어떤 대책이 있는가? 그동안 돈을 벌었으니 손 털고 치우면 제일 좋은 일인데 나의 경우는 아들이 야채과일 도매 유통업을 하니 울며 겨자먹기로 치울 수도 없어서 전전긍긍하고 있다. 대규모 농사를 하는 업체와 경쟁을 하려면 나도 대규모의 농사를 지어야 하고 또 브랜드 선전을 극대화해야 한다. 또 우리 상표 이름으로 내보내는 멜론류나 수박류의 질을 높여서 값이 좀 비싸도 소비자들이 선택하게 하는 방법이 요즘처럼 치열한 경쟁 속에 살아남는 방법이라고 할 수 있다.

농사에는 막대한 자금이 필요하다. 우선 면적에 따라서 장비가 달라져야 한다. 트랙터나 디스크 등도 농장 규모가 커지면 그에 따라 강력한 마력의 대형 트랙터가 필요하다. 그뿐인가? 포장기계 선별기계를 구비하는 데도 수십만 달러가 든다. 참외를 예로 들면 흠집을 찾아내야 하고 색깔에 따라 구분해야 하고 무게나 사이즈가 같은 것끼리 모아야 한다. 또 냉장시설을 갖추려면 엄청난 자금이 필요하다. 또 유통을 시키는 데는 거래선에 미수금으로 깔리는 금액이 엄청나다. 많이 팔수록 더 많은 돈이 미수금 Acount Receable 으로 깔리고 수금이 되기까지에는 보통 1~2개월이 족히 걸린다. 그러니 장사 규모가 커지면 그 미수금이 몇백만 달러를 넘게 된다. 그래서 도매업은 늘 돈이 안 돌아 허덕이며 사업을 하고 있다. 남들이 없는 과일을 갖고 있을 때는 수금도 빨리 된다. 돈을 미리 내고 기다리는 업자도 있다. 수확이 없는 시절에 작물을 많이 심어야 하는 경우가 제일 경영이 어렵다. 돈은 끝없이 들어가야 하고 수금은 잘 되지 않기 때문이다.

이처럼 힘든 도매업을 처음 시작하게 된 동기는 작물의 수금에 애를 먹었기 때문이다. 우리 농사 규모가 커지자 다른 대규모 도매상이 위기를 느끼고 작물 값을 차일피일 미루고 지불을 안 하기 시작한 거다. 우리를 더 키우면 앞으로 문제가 될 것이란 이야기가 회의에서 나왔다고 한다. 우리는 돈이 급하게 필요하고 그들의 하는 꼴을 봐서는 정상적인 수금이 불가하다고 판단했다. 할 수 없이 미수금의 절반만 달라고 해서 큰 고비를 한번 넘긴 뒤 도매업을 시작했다. 그때가 바로 모든 마켓장사가 올스톱된 뉴욕 9.11 쌍둥이 빌딩 폭파 사건 무렵이다. 이제는 생산 유통을 다 갖춘 농업기업으로 성장을 하게 되었으니 어쩌면 전화위복이 된 셈이다.

하이메와 잘못된 만남

하이메 레온 후에르따는 부잣집 아들이다. 아버지가 연방물관리청 CNA(Commicon National de Agua) 라파스 지역장을 지냈다. 사막 지역에서는 물 사용 허가와 물 사용량 허가를 받는 게 아주 어려운데 연방관리청이 그 일을 관리한다. 연방정부 산하에 있는 특수 기구라 할 수 있다. 그러니 라파스 지역장의 위세는 대단했다.

하이메는 엘까리살에 그 권세 있고 부동산도 많은 아버지가 사준 땅 50헥타르를 갖고 있었다. 부자 아들이라 모터보트를 즐기는가 하면 미인 아내와 함께 라파스 공항의 비행학교에서 비행면허 훈련을 받기도 했다. 농장은 모이라는 자에게 맡겨 두고 출근은 10시쯤 했다. 별로 이쁘지도 않은 모이 딸과 젊고 어린 맛에 그런지 종종 섹스를 즐겼다. 하이메가 출근은 했는데 안 보이면 농장 골방에서 그 짓을 하는 걸로 보면 됐다. 우리와 함께 재배하는 농사는 주로 모이가 다 컨트롤하고 그는 농사와는 아예 담을 쌓고 지냈다. 그러다가 2

시쯤 출출해지면 어디론가 사라져 버리니 농사가 될 리 없었다. 남편이 그 모양이니 예쁜 아내는 항공기 훈련 교관과 바람이 나 이혼을 하고 말았다.

이웃 대농장주 하시엔다 농장주는 우리를 쫓아낼 궁리를 하였다. 밭을 갈아버리고 그대로 하면 자기들이 재배하는 청피망고추 벨페퍼 고추 이등품을 다 주기로 했다. 나와 계약농 2년차에 농장에 있던 농산물은 다 없어지고 갈아놓은 맨땅만 보였다. 이런 경우 어떻게 해야 하나. 사람 환장할 지경이었다. 나를 만나면 슬슬 피했다.

그 무렵 이등품 벨페퍼 고추를 사러 온 멕시코 시에서 온 자는 처음에는 돈을 잘 주다가 나중에는 점점 미루었고 결국은 멕시코 시장의 사무실을 닫아 걸어잠근 채 도망가고 없어서 멕시코 시티까지 몇 차례 갔다가 허탕치고 오기 일쑤였다.

그 무렵 그의 어머니가 돌아가셨다. 그의 아버지는 구하다할라에 젊은 여자를 얻어 살고 있었는데, 아들이 전화를 하면 새 부인이 전화를 바꿔 주지를 않았다. 그렇게 되니 하이메는 어려움에 직면했다. 그 농장과 내가 갖고 있던 장비 일체를 로즈라는 고추재배 농부에게 팔고 도망쳐 버렸다.

그자를 잡으려 몇 차례 노력했지만 헛수고였다. 한번은 저녁 무렵에 가레로 네그로 가까운 농장지대 비스까이노에 있는 로스의 제2농장을 찾아갔더니 그가 형제들과 일꾼들 여러 명이 모여서 파티를 하고 있었다. "네가 갖고 있는 트랙터 장비들이 내 것이니 돌려달라"고 했다. 그자는 트랙터 수입 서류를 자기가 받았다면서 "이새끼, 안 가면 죽여 버릴 테야. 총 빨리 가져와"라고 동생에게 고함을 질렀다.

멕시코란 곳은 사람을 죽여도 무죄가 되는 일이 허다하니 걸음아 날 살려라 도망치는 수밖에 없었다. 트랙터 문제만 해도 내가 외국인이라 직접 수입할 수 없어 하이메를 착한 친구라 믿고 그의 이름을 빌린 게 잘못이었다. 약간 의심스럽기는 했지만 정작 트랙터 장비들을 찾아온다 해도 어디로 가져다 놓을 곳도 없었다. 결국 트랙터 장비 일체 뿐 아니라 농장 운영자금 3만 달러도 못 받고 말았다.

그후 하이메는 불법체류자 신분으로 텍사스로 갔다는 풍문이 돈다. 지금도 모이는 새벽시장에서 음식점을 하고 있어서 가끔 보지만 하이메에 대해서는 유구무언 비밀에 부치고 있어서 나도 상관 않고 지내고 있다.

목숨을 얻고 양심을 지키다

　로스앤젤레스에서 농장까지 1번 도로를 주로 달리며 살다 보니 그 도로에서 일어난 일이 헤아릴 수 없이 많다. 안 죽고 산 게 기적 같은 나날이었다. 하루는 산타로사리아에서 길거리 타코를 사 먹었는데, 1시간쯤 지나자 뱃속이 우르렁거리며 참기가 힘들어졌다. 차에서 내려 산속에서 용변을 보았다. 물똥을 쏟아내고 잠을 자기 위해 눈을 감고 있었다. 휘영청 달 밝은 밤이었다. 잠이 잠깐 들었는지 그 물똥을 서로 먹겠다고 코요테들이 온 거다. 코요테들이 싸우는 밤에 차 안은 무사하니 그 싸움을 구경하였고 다 먹었는지 고요가 다시 시작되었다.

　한번은 로레또 인근인 걸로 판단된다. 비가 억수로 내리는 장마전선이 지나가는 밤이었다. 갑자기 불어난 물이 페이브먼트가 된 길 한쪽을 깎아내면서 흘러간 모양이다. 내 앞을 달리던 컨테이너가 한쪽으로 기우는 순간 처박혀 버렸다. 뒤에 따라 오던 나는 무사히 지나고 나서 차를 세워 그 운전기사를 보았지만 사람은 아무 이상이 없었다. 그후 로레또를 지나 더 가는데 더 이상 전진이 힘들 듯싶었다. 앞에는 도도한 강물이 흐르고 있었다. 갈까 말까 망설이다가 나는 되돌아가서 로레또에서 잠을 자는 게 좋겠다 판단했다. 나중에 안 이야기지만 그날 차 몇 대가 그곳을 지나다가 물결을 따라 흘러 내려갔다고 한다.

로레또에는 불이 다 꺼졌고 호텔이나 여관 문을 연 곳은 한 곳도 없었다. 그렇다고 식당 비슷한 곳도 문을 연 곳은 없었다. 동네를 살피며 지나는데 어느 집 앞은 문이 열려 있고 등잔불 밑에 사람들이 움직이는 게 보였다. 그 집 앞에서 차를 세워 쳐다보고 있는데 나더러 집으로 들어오라 했다. 그들은 타코를 먹고 있었다. 그 타코가 거북이 고기로 만든 타코라며 나에게 몇 점 주어 내 평생 처음으로 거북이 타코를 먹었다. 그날 이층에서 우당탕 떨어지는 빗소리를 감상하며 잠을 잘 수 있었다. 교사를 한 분이란 얘기를 들었고 그 후 그 집을 찾았지만 당최 그 집을 찾을 수가 없었다. 지금까지 고마운 기억만 남아 있다.

어느날은 가레로 네그로에 한밤중 도착하며 잠시 낚시를 하는 게 좋겠다 판단하여 호텔로 가지 않고 선착장으로 가서 낚시를 했다. 선착장은 큰 배가 드나드는 곳이라 수심이 깊었다. 그 전에는 까브리야란 우리 나라 흑돔 비슷한 고기를 잡은 적 있는데, 그날따라 한 마리도 입질이 없었다. 별로 재미도 없어서 차 안에서 잠을 청했다. 바닷가는 태평양 쪽이라 동쪽 해안보다 더 추웠다. 새벽녘 추위로 더 이상 잠을 자기가 곤란하여 다시 출발하여 1번 도로를 따라 북으로 북으로 달렸다. 좀 더 가면 바이아 로스앤젤레스로 빠지는 곳에 주유소와 커피점이 있었다. 커피를 마실 궁리를 하며 가니 구불구불한 길이 끝나고 주유소까지는 쭉 직선도로였다. 잠시 운전 중 잠을 잔 것일까 차가 바른편 구렁에 처박혔다. 그래서 차를 빼내기 위해 힘을 주고 핸들을 돌렸는데 한 바퀴 휙 돌더니 반대편 길을 건너 절벽이 있는 곳에 뒤집어져서 처박혔다. 차체가 완전 박살이 나서 내 스스로 문을 열고 나갈 수 없었다. 30분쯤인가 차에 거꾸로 갇혀서 매달려 있는데 저 먼곳에서 차 오는 소리가 들렸다. 차 소리로 보아 대형차일 듯싶었다. 버스가 도착했고 우루루 사람들은 차 밖으로 나왔다. "죽었다 죽었다" 소리쳤다. "아니다 아니다 나는 살아 있다" 그래서 사람들은 곡괭인지 뭔지 가져와서 문짝을 뜯고 날 끄집어내어 주었다. 내 가방이 안에 있으니 그 가방도 좀 내어달라 하여 가방도 내게 주었다.

그곳이 국도와 가까운 곳이라서 다행히 오래 기다리지 않고 다른 차가 도착했다. 어디로 가느냐 물어서 티화나 국경까지 간다 하였고 그 친구 도움으로 티화나 국경 근처까지 갈 수 있었다. 병원으로 가야 하지 않나 했지만 내가 내 몸을 만져보니 머리와 몇 군데 피가 흐르긴 했지만 병원까지 갈 일은 없을 듯싶었다. 마침 바히아 로스앤젤레스 입구 근처에는 폐차장이 있었다. 폐차장에서 온 친구에게 가져가라며 1백 달러를 손에 쥐여 주었고 경찰에 신고도 안 했지만 그 차는 지엠 밴으로 2년간 은행 불입이 더 남아있는 차였다. 다른 사람은 분실신고를 하면 차를 보험에 다시 받을 수 있다고 했지만, 내 양심에 그 짓은 할 수가 없어서 2년간 차도 없이 불입금을 꼬박꼬박 불입했다. 국경을 건너서 큰 아들에게 전화를 했고 멕시코 엘까리살 농장에서 일하고 있는 처에게 무사히 잘 왔다고 전화를 했다. 로마린다 집에서 이불을 뒤집어쓴 채 며칠 잠을 청했다. 벨트 묶은 자리가 계속 욱신거렸다.

로스앤젤레스 한인타운 K마켓 사장 이야기

로스앤젤레스에서 멕시코 농장까지는 약 1천 2백 마일 거리이다. 여기를 총알택시 운전기사처럼 달리고 달리며 살았다. 농장에 와서도 이곳 저곳을 돌아다녀야 하니 한없는 거리를 달린 셈이다. 이렇게 힘들게 달려가도 로스앤젤레스 도매상은 돈을 잘 안 주고 뒷문으로 달아나기 일쑤였다. 그 중에도 K마켓 사장인 이인성은 상상을 할 수 없이 나쁜 인간이었다.

그는 늘 밤 10시 무렵에 수금을 하러 오라고 하고는 마켓 근처의 그의 사무실에서 돈을 건네 주었다. 내가 밤새 컨테이너에 싣고 달려온 작물을 팔러 갈 곳이 별로 없는 걸 잘 알고 값을 후려치는 작전을 썼다. 창고 담당자를 독하게 훈련시켜 무슨 트집을 잡게 만든 뒤 그에게 다시 전화를 걸게 했다. 그리고는 지금 물건이 안 좋다고 하니 좀 더 깎아 주면 받겠다는 식으로 떼를 부렸다. 그래서 웬만하면 그에게 팔지 않으려 했다. 무 값을 올리면 그는 비싼 값에 사는 게 배가 아파서 늦가을 무를 LA 근교에서 싸게 산 후 팔렛째 검은 비닐로 둘러 씌운 후 냉장창고에 몇 달이고 보관하며 팔았다. 그러니 무가 시커멓게 색깔이 변하기 마련이었다. 그걸 그대로 내어놓고 팔거나 김치를 담아 파는 식이다. 고추값이 비싸다 싶으면 좋지도 않은 고추더미에 우리 좋은 고추를 한두 박스 흩뿌려 놓고는 그 옆에 싼 멕시칸 할라페뇨 고추를 세일로 큰 더미를 만들어 팔았다. 고추 한 톨도 버리지 못하게 종업원에게 훈련시키고 그래도 어쩔 수 없이 남은 고추는 간장과 고추장으로 고추조림을 만들어 팔게 했다. "시커먼 간장으로 볶는데 알게 뭐냐. 한 톨도 버리지 마라"고 했다. 팔렛은 야채를 실어온 내가 가져가기 마련인데 그것도 일체 못 가져가게 했다. "허허, 김 사장, 이건 순이익이야. 멕시칸 팔렛 장사가 현금으로 사간단 말이야. 김 사장이 가져온 물건 값에는 팔렛이 포함되어 있으니 내가 팔아먹는 게 당연지사 아닌가." 하는 식이었다.

하루는 그가 베이크필드에서 수박을 팔러 온 사람과 싸우고 있었다. 컨테이너에서 내려놓은 수박 중에서 제일 허술한 것을 저울에 달게 한 후 지금까지 거래하는 동안 자기에게 판 수박의 무게를 속여 판 게 아니냐. 그러니 이제 그만큼 돈을 제하고 주겠다고 한 거다. 억울함을 참지 못한 그 사람은 이인성을 상대로 소송을 했다. 그러나 비싼 변호사를 선임한 이인성에게 이길 수 없었다. 오히려 수박장사가 지고 마켓 반경 5마일 이내 접근 금지 판결까지 받았다.

사람이 이렇게 모진 탓에 이인성은 노상 소송으로 날을 보냈다. 그는 미국 여자랑 이혼한 뒤 젊은 한국 여자를 만나 아이까지 낳았지만 집안을 제대로 살피지 않아 아내는 눈물로 세월을 보내고 있었다.

한번은 길에서 만난 그가 "김 사장, 우리와 무슨 원수진 일 있소? 우리에게도 좋은 물건 좀 가져와요." 하길래 고추를 그가 원하는 대로 파운드 당 80센트에 팔고 현금을 밤중에 가서 받았다. 그런데 나중에 보니 그 고추를 파운드에 2달러에 도매를 하고, 마켓에서는 2달러 99센트에 팔고 있는 게 아닌가. 내가 항의를 하니 오히려 큰소리를 쳤다. "김 사장 내가 돈 주고 산 건 내 것이니 내가 얼마에 팔든 당신이 무슨 상관이오. 우리 마켓은 돌을 갖다 놓고 팔아도 잘 팔린다니까."

그는 입출금을 대행하는 회사를 이용하지 않고 늘 오전 10시경에 직접 고용한 경호원 차를 타고 은행을 찾아가 거래했다. 그런데 하루는 그의 뒤를 밟은 멕시칸 마피아가 차에서 그를 끌어내리고 돈을 뺏으려 하자 경호원과 마피아 사이에 총격전이 벌어졌다. 다행히 돈도 뺏기지 않고 총도 맞지 않아 무사히 살아났다. 그런 일이 있어서인지 그는 마켓 앞에 있는 햄버거 가게에서 햄버거를 먹으며 창밖으로 그의 마켓을 살피는 게 일이었다.

그가 먼저 내게 전화를 해서 물건을 주문하는 일은 한 번도 없었는데 하루는 길에서 만나 "김 사장, 참외 좋은 걸 판다는데 나도 좀 주쇼." 하길래 참외 컨테이너 두 차를 넣고 며칠 후 돈을 받으러 갔다. 그런데 한 컨테이너 분을 주며 이제 다 준 거라고 하는 게 아닌가. 돈을 받은 게 이번이 처음이니 한 컨테이너 값이 남았다고 하자 무슨 소리냐 하면서 인보이스를 내보였다. 그 인보이스에는 지불했다는 페이드 도장이 찍혀 있었다. 처음 주면서 두 번째 주었다고 억지를 부린다고 내가 따지자 옆에 있던 경리가 "한 컨테이너 값만 지불한 게 맞습니다." 했다. "이년아, 내가 밤에 현금으로 준 걸 네가 어찌 안다고 참견이야." 그가 고함을 지르자 경리 아가씨가 울면서 사무실을 뛰쳐나갔다.

나도 소송을 할까 많이 생각했지만 수박장사처럼 이긴다는 보장이 없고 무엇보다도 시간이 없어서 참외 한 컨테이너를 그대로 뺏기고 말았다. 만나는 사람들에게 그의 욕이나 퍼붓는 게 내가 할 수 있는 전부였다. 그의 말대로 그의 두뇌가 컴퓨터보다 위인 것은 맞지만 그 두뇌가 마귀의 두뇌인 것은 틀림없는 일이다. 그 후로는 그 작자에게 무 한 개도 판 적이 없다. 그는 수천만 달러가 넘는 재산을 악질적으로 모아 놓고 겨우 63세에 암에 걸려 죽었다.

식당 웨이트리스 출신의 재혼한 여자는 그자가 죽자 돈에 깔려 죽을 정도로 많은 돈벼락을 맞았지만 그도 경영을 모르는 이유로 그 자산을 지키지도 못하고 중국인 동업자와 딴 사람들에게 넘어간다는 소식이다. 결과가 별로 좋지 않은 셈이다. 그렇게 머리가 컴퓨터보다 앞섰다면 그간 돈 뺏어 먹은 업자들에게 되돌려 주는 게 사람의 도리일 텐데 사람 자식이 못 되는지 마귀새끼는 죽으면서도 그 생각은 없었던 모양이다. 암튼 아무리 돈을 많이 벌고 누렸다고 저승까지 이고 지고 갈 것도 아니고 사람처럼 사는 게 중요하다는 그 생각이 없는 놈은 죽을 때도 마귀의 범주를 못 벗어난 듯싶다.

수없이 위험한 고비를 노래로 달래며

    라파스에서 콘스티투시온 가는 길 1백 킬로미터쯤에는 90도로 꺾이는 길이 있다. 라파스로 가는 길이었고 경사져 있고 내리막길이었다. 운전은 아내가 하고 있었는데 스피드를 조절하지 못해 건너편 풀밭에 곤두박질치며 뒤집어지고 말았다. 뒤에 오던 차에 탄 사람들이 달려와 차를 다시 바로 세워주었다. 앞 창유리는 박살이 났지만 차는 말짱했다. 10분 정도 달리다 눈에 띄는 가게에 들러 물을 사고 차를 점검하고 집으로 행했다.

    라파스에 다 와서 공항 근처를 지나던 때였다. 지금은 홈디포가 있지만 그때는 아무것도 없는 곳에 시내로 빠지는 강둑길이 있었다. 강둑을 따라 외곽도로로 달리면 우리 집으로 가는 길이 나왔다. 우리가 막 강둑길을 가고 있는데 경찰차가 북으로 달려가고 있었다. 우리의 사고 신고가 들어간 모양이었다. 경찰에 사고를 알려서 복잡해지기

싫었던 터라 다행이다 싶었다. 무사히 집에 도착한 뒤 근처 바디샵에서 새 유리로 갈았다. 그 차는 지금도 농장에서 잘 사용하고 있다.

또 라파스에 다 와서 시내로 내려오는 길에서 생긴 일이다. 지금은 직선도로로 바뀌었지만 전에는 구불구불 몇 굽이를 돌아야 했다. 게다가 왼편으로는 절벽이 있었다. 어느 날 농장에서 사용할 비료와 자재를 잔뜩 실어서 무거워진 트럭을 몰고 달리는데 앞에 가는 트럭이 답답할 정도로 느렸다. 그래서 그 차를 추월했는데 갑자기 가속이 붙어서 속도를 늦출 수가 없었다. 브레이크를 밟아도, 사이드 브레이크를 잡아당겨도 듣지를 않았다. 앞으로 길은 대관령 굽잇길처럼 구절양장을 돌아야 할 터인데 어쩔 것인가. 그래서 바른쪽 트럭 바디 차체를 바위에 박으려 했지만 그것도 말을 듣지 않았다.

이제는 낭떠러지에 추락할 일만 남았구나 생각하는데 얼핏 굽이도는 곳 절벽 쪽에 도로공사로 모래를 부어놓은 작은 둔덕이 보였다. 차를 그쪽으로 질주했다. 와장창 천장에서 뭔가 떨어져 내렸고 차는 위로 솟구쳤다가 모래언덕에 처박혔다. 옆에 함께 타고 온 멕시칸은 사색이 되어 떨고 있었다. 차는 미국번호판을 달고 있었고 물론 시트벨트도 없었다. 내가 겨우 차에서 빠져 나오는데 우리가 앞질렀던 트럭 운전자가 "야, 진가소 마드레. 짜식 잘되었군. 축하한다." 욕을 하며 지나갔다. 우리는 뒤에 오던 차의 도움을 받아 무사히 엘까리살 농장까지 올 수가 있었다. 다시는 연습할 수 없는 곳에서 죽지 말라고 행운이 가끔씩 있는 모양이다.

한번은 또 이런 일도 있었다. 이른 아침이었다. 가레로 네그로를 향해 남으로 내려오는 직선도로를 달리다가 밤새 달린 피로로 운전 중 깜박 잠이 든 모양이다. 반대편에서 오는 트럭의 백미러와 내 차 백미러가 부딪쳐 박살이 났다. 그 운전기사는 멈추지 않고 그대로 달려갔다. 나도 그냥 냅다 달렸다. 막막한 사막에서 시시비비를 가려보았자 뾰족한 수가 없단 걸 서로 알고 있었던 것 같다.

그 시절은 광야를 달리며 늘 윤심덕의 노래 '사의 찬미'를 부르며 스스로를 달랬다. "광막한 광야를 달리는 인생아, 너는 무엇을 찾으려 하느냐" 남들은 단출하게 가족들과 인생을 즐기며 살고 있는데 나는 무엇을 찾아서 이렇게 남의 나라 사막을 오가며 살고 있는지 참 별난 미친 인생도 다 있구나 하는 마음이 수없이 들었다.

어려운 사업 파트너 찾기

사업 파트너를 찾기가 힘들지만 농장 규모가 있고 사람의 인격이 무난하여 성공하지 못한 경우라도 이해를 하여 계속 관계를 유지할 사람을 찾아야 한다. 파트너가 자주 바뀌거나 혼자 뭔가를 절절매며 운영을 하는 걸로 판단되면 절대 동업을 하지 말아야 한다. 수출을 해야 규모 있는 영농사업이 될 수 있고 내수시장에 파는 걸 목표로 한다면 절대로 크게 성장할 수 없다는 걸 알아야 한다. 세르반테스란 농부를 만난 것도 역시 내 판단이 경험 부족으로 모자란 시절의 이야기다. 세르반테스 농장은 콘스티투시온 시를 들어가기 전 약 5킬로미터 앞에 있다. 농장은 그런대로 괜찮은 편에 속한다. 콘스티투시온은 농업지대로 비교적 평지로 되어 있고 대규모 농장이 1백여 개가 있고 날씨도 온화한 편이지만 태평양을 낀 해양성과 내륙성 기후가 만나는 지점이라 라파스 시보다는 작물 수확이 한달 정도 늦은 편이다.

자금을 밀어주고 농사를 확인해 보니 열심히 하고 있는 듯싶었다. 한두 파트 심었는데 비교적 잘 관리를 하는 것 같았다. 우리 농장이 있는 로스플라네스에서 농사를 하다가 그곳 진행사항을 알기 위해 그 농장으로 가 보았다. 우리 농장에서 그곳까지는 약 4시간이 소요된다. 그 세르반테스 농장에 가 보니 전에 심은 두 파트는 그대로 있었지만 비료를 준 것도 같지 않고 물도 잘 주지 못한 듯 작물이 형편없는 상태로 있었다. 그래서 둘 사이 고성이 오고가고 주먹다짐은 하지 않았지만 더 이상 돈을 더 줄 수 없다고 판단했다. 시내 까페에서 만나 자기 피해를 보상해야 중단할 수 있다고 주장했고, 잘못하면 살인이 날지도 모른다는 판단을 하게 된 것이다. 그래서 내주에 내가 2만 달러를 보상해 주겠다고 약속했다. 내가 그 사실을 까마리요에서 하소연하니 원래 그런 놈인데 사전에 상의를 하지 않은 내 잘못이라고 했다.

　다음주 그 농장으로 가서 세르반테스에게 2만 달러를 주었다. 수확작업을 위해 가져다 놓은 (팔렛 짤 때 코너를 대는 코너보드를 에스끼네로라 하는데) 그 두 팔렛과 멜론을 수확하여 담아 보내는 박스를 내어줄 수 없다고 했다. 그것은 내 것이니 당연히 돌려주어야 한다고 고함을 질렀지만 자기 농장에 들어온 것은 자기 것이니 당장 내가 나가면 된다고 했다. 그래서 코너보드를 판 로사노 교수와 그것을 싣고 온 딸 로이다가 전화를 걸었지만 억지주장을 하고 있었다. 왜냐하면 아직 대금을 지불하지 않아 로이다가 가져갈 수 있을 것이라 판단했다. 그러나 그 녀석은 처음 주장을 굽히지 않았다. 경찰을 불렀지만 경찰은 자기들이 상관할 문제가 아니니 두 사람이 해결하라 말하고 떠나버렸다. 어쩔 것인가, 그 개새끼를 쥐어박고 싶지만 쥐어박을 수도 없고 어찌할 것인가, 심히 고민이 아닐 수 없었다. 이렇게 멕시코란 나라는 생뚱맞은 몰상식한 작자가 허다한 나라로 볼 수 있다. 속이 부글부글 끓었지만 그 길로 라파스 집으로 돌아왔다. 내 잘못은 코너보드를 실은 후 돈을 주든지 아니면 싣고 가도 좋다는 서약서를 받은 후 돈을 주어야 할 것인데 그것도 나의 불찰이었다. 지독한 놈에게는 좀 더 철저하게 대비해야 할 것을 보통 상식적인 사람으로 간주한 탓이다.

외국에서 사업하는 서러움

콘스티투시온에 직영농장을 하기로 결정했다. 비행장 근처에 있는 50헥타르 농장이었다. 농장 주변이 1천 헥타르 크기의 사막으로 둘러싸여 있는 독립된 곳이라서 이웃 농장에서 병충해가 옮겨 올 염려도 없었다.

농장주 아르뚜로 씨는 참 잘 생기고 사람들과의 교류도 좋았다. 특히 식당 여종업원에게 대하는 태도는 꼭 애인에게 하듯 하였다. 손을 잡아 흔들고 어깨를 감싸 주고 손등을 다정하게 두들겨 주는 식이었다. 나는 우선 그곳 시내에 괜찮은 집을 구했다. 또 실무를 맡기기 위해 까마리요 씨 농장 사무실에서 일하던 하비에르를 특별히 채용했다. 하비에르는 늘 날 픽업하기 위해 오곤 했는데 고맙다고 돈을 주면 한사코 안 받겠다고 우기는 친구였다. 그래서 그를 특별 채용한 후 자식처럼 대해 주었다.

농장은 아주 비옥하여 참외며 수박이 참 잘 되었다. 우리 농산물이 최고라고 야채 상인들의 칭찬이 자자했다. 여름철은 대체로 농사를 짓지 않으므로 우리가 휴가를 보내고 9월말에 돌아와 보니 지역 노동청에서 출두하라는 지시가 와 있었다. 뭔지 몰라 이런 경우에는 어떻게 하느냐고 까마리요에게 물었다. 노동청에서 오라고 하면 가 보는 수밖에 없고 대체로 무슨 벌금인가를 매기는 게 보통이라고 했다. 노동청에 가 보니 일한 일꾼들에게 오버타임을 지불하지 않았다고 했다. 그런데 그 액수가 약 7천 달러에 달했다. 관례대로 꼬박꼬박 지불했고 그 업무를 하비에르가 다 한 걸로 아는데 기가 막혔다. 나는 변호사도 없이 갔는데 그들은 변호사를 대기시키고 기다리고 있었다. 마침 점심때라서 그 배불뚝이 변호사는 큰 피자를 몇 판 사다가 그곳 직원들과 나눠 먹고 있었다. 노동청 관리는 그 돈을 당장 갚으라고 큰 소리를 치며 법정에서 하듯 책상을 두들겼다. 화가 났지만 어찌 해볼 도리가 없었다. 다시 까마리요에게 전화를 걸어서 어쩌면 좋으냐고 물었더니 갚아 주는 수밖에 없단다. 내가 외국인이니 이곳에서 내 편이 되어 싸워 줄 사람도 없고 그 결정을 상위 법원으로 옮겨 간다고 해도 내가 이길 보장은 없다는 것이었다. 그 돈을 달라는 대로 주고 잊는 게 현명하다는 결론이 나왔다. 어쩔 수 없이 이유 모르는 돈을 지불했다. 그 배불뚝이 변호사는 몇 년 후 부인이 쏜 총을 맞고 죽었다는 소문이 들렸다.

그런데 하비에르가 집을 사러 돌아다니고 있다는 소문이 들렸다. 믿는 도끼에 발등 찍힌다더니 이런 경우를 말하는 게 아닌가 싶었다. 은행에서 돈을 찾은 후 하비에르에게 맡겨 업무를 처리하게 했는데 그는 사무실 작업 일지에 내용도 애매한 뭔가를 적어놓고 돈을 훔친 모양이다. 개새끼, 내가 샅샅이 밝혀내고야 말겠다 싶어서 하나하나 영수증과 영수증 발행처를 조사했지만 대부분은 영수증도 없었다.

억장이 무너질 일이었다.

나는 사람을 믿는 경우 철저하게 깜박 속다시피 사람을 믿는 결점이 있다. 하비에르에게도 그런 실수가 생긴 거다. 아내가 체크북에 기록한 것이 좀 이상하고 찢어 버린 곳이 많이 생겨서 좀 수상하다는 말을 했을 때 "네가 왜 그래, 그 애는 나쁜 짓을 할 사람이 절대 아니니 의심하지 말아라." 큰 소리를 쳤다. 그래도 좀 의심이 가서 조사를 시작했다. 주급 준 것이 좀 의심이 갔고 비료 산 값이 너무 터무니없다는 생각이 들었다. 주급 준 것은 이미 돈 지불이 끝났고 내가 다시 인원수를 세어볼 수도 없어서 포기하기로 했지만 비료회사 미지불 액수는 사정을 설명하고 차일피일 지불을 연기하고 있었다. 하도 자주 전화를 하여 절대 잘못이 없으니 당장 지불하라는 요구였다. 그래서 내가 비료회사 사장을 만나 나도 억울하니 단호하게 반만 주겠다고 말했다. 양심에 찔렸는지 그는 반만 받는 걸 쾌히 승낙했다. 비료는 안 오고 영수증에 싸인만 해준 경우라고 짐작이 되지만 어쩔 수 없었다.

남은 일은 하비에르를 어떻게 자를지에 대한 것이다. 또 노동청에 고발하면 불려가서 내가 이길 보장이 없었다. 남의 나라 나는 떠돌이로 들어와서 농사짓는 농부라서 그곳 사람들과 분쟁이 생길 경우 언제나 내가 질 수밖에 없는 것이 그곳 구조라 보면 된다. 가재는 게 편이라서 언제나 자기들 편을 드는 것은 어쩔 수 없는 숙명이라 할 수밖에 없는 일이다. 좀 꽤씸한 생각이 없지 않아 있었지만 퇴직금을 좀 주고 부탁할 수밖에 없었다. 그도 양심에 찔렸는지 순순히 물러나서 지금은 영어를 잘 하는 덕분에 일본에 가서 해외취업을 했다고 들었다.

다음해 아르뚜로에게 렌트비를 주러 갔더니 두 배로 올려서 달라고 했다. 일 년 사이 렌트비를 두 배로 올리는 법이 어디 있느냐고 따졌더니 억울하면 렌트를 그만두고 떠나면 된다고 실실 웃으며 약 올리는 듯 말했다. 그러면 어쩔 것인가. 내가 약자이니 그만둘 수밖에 없지 않은가, 그래서 그 농장은 아깝지만 물러날 수밖에 없었다. 남의 나라에 사업으로 자리잡기까지 숱한 고난이 많은 경우는 짐작이 되지만 이번에도 또 다른 체험을 한 셈이다.

무산 조오현 스님과의 인연

　신문사에 다닐 때다. 그 시절 몬테리팍 아파트에는 무산 조오현 스님이 좁은 단칸방에 함께 산 적이 있다. 무산 스님은 무슨 법난이 나서 미국으로 망명을 했는데 우리집에 도착하여 좁은 방에 병풍을 두르고 2주 가까이 살았다. 그러다보니 불편했던지 샌프란시스코 선원으로 연락하여 그곳에 간 후 세탁소에 취직이 되어 생활비를 조달했는데 내가 미안하여 중앙일보를 그곳으로 보내 주었다. 그 후 법난에서 자기들 승려들이 승리하여 한국으로 돌아가게 되었고 자기가 모시던 신흥사 주지스님이 교통사고로 사망하자 주지승이 되었다. 후에 강원도 사찰 백담사, 신흥사 등 모든 사찰의 총수가 되었고 만해마을을 설립하고 언론사는 물론 정계에서도 백배를 해야 만나줄 정도로 큰 스님이 된 것이다. 그래서 우리가 백담사로 가면 꼭 1천 달러씩 돈을 우리에게 행자를 시켜 넣어 주었다.

　또 그때 내가 미주문인협회를 조직하는 주체가 되었는데 문화원

영사관 정보부원들이 우리들 모임에는 늘 들끓었다. 우리가 모이는 김병현 시인 바디샵에는 정보원들이 늘 지켰고 김봉태 화백이 하던 갤러리 스코프인가 하는 화실에도 우리가 자주 모였으며 그곳에도 정보부원들이 들끓었다. 심지어 우리 협회 사무국장도 정보부원이 가명으로 들어와서 맡기도 했다. 한번은 미당 서정주 시인이 지지연설을 한것은 본인의 뜻이 아니고 정부의 지시로 녹화방송을 한 것이라 말한 적이 있었다. 그것은 우리가 외국으로 출국한다고 미당 선생댁에 처와 둘이서 인사차 갔는데 마침 TV에 나간 후라 협박 전화가 쏟아졌고 "새소린지 개소린지 다 집어 치워라 개새끼야." 하는 전화도 왔다고 한다. 그래서 미당 선생과 사모님이 벌벌 떨며 우리를 바로 가지 말고 좀 있다 또 손님이 오는데 그분 오고 나면 가라고 하셨다. 그런데 도착한 손님은 바로 우리가 잘 아는 박현태 씨였다. "형님, 여기는 웬일이십니까?" 그분은 고향 출신으로 처와 가까운 인척뻘이고 나와도 외가로 또 친척뻘이어서 칼 입사 시에도 압력을 넣어주신 분이었다. 그래서 그날 일어난 사건에 대해서 잘 알게 된 것이다.

미당의 녹화방송이 자기 뜻이 아니라고 문인 모임에서 한 내 말이 화근이 되었는지 대북작전을 맡은 정보사 소속의 동기생 고상준 대위와 준위가 그 집을 찾아왔다. 잘 대접받고 나서 우리 집 앞에서 꼭 사진을 찍어야 한다고 주장했다. 그런데 사진을 찍은 직후 우리 아파트 코너에서 두 사람이 주먹으로 치고 받고 다투는 게 아닌가. 왜 그랬는지 사연은 잘 모른다. 아직도 그 친구가 살아 있다 하니 한번 물어볼 참이다. 나와 제일 친한 손인우 동기생이 그 친구에게 물어도 답을 안 해준다고 한다.

시조월드를 접고 어린이 시조나라 창간

내가 로스앤젤레스에 와서 시작된 시조사랑 운동을 빠뜨릴 수 없다. 신문사에 취직을 하고 집을 모테리팍으로 옮긴 직후였다. 큰 아들은 5학년 작은 아들은 3학년에 입학했는데 그곳 초등학교에서 하이쿠 짓기 숙제를 내주었다. 큰 아들이 아버지의 도움을 청하였고 하이쿠란 뭐라고 가르쳐 주었다. 하이쿠를 영어로 학교에서 지어오란 숙제를 내주었으나 연구를 해 보니 하이쿠는 전세계로 퍼져서 각국 나라마다 자기 언어로 하이쿠를 짓는다는 사실을 알게 되었다. 1998년이면 나도 경제적으로 어려울 때인데 그 사실을 알고 마냥 보고 있다는 것은 스스로 용납이 안 되었다. 그래서 뉴욕의 김영수 시인과 어떻게 하면 좋을지 상의를 하게 되었고 김 시인이 자기가 잘 아는 울산의 초등학교 교사 전자인 선생이 있는데 그분과 한번 상의하겠다고 말했다. 전자인 선생과 상의하여 그 웹사이트 이름을 느티나무 동시조라 이름을 짓고 열심히 들어가서 어린이들에게 시조를 가르치는 운동을 시작하게 되었다. 전자인 선생이 근무하는 병영초등은 또 한글운동이 시작된 학교였다. 그래서 어린이 시조시인 제도를 만들어 그곳을 찾아가서 어린이들에게 시조시인이란 명칭과 선물을 주었다. 선물은 내가 멕시코에서 사간 마야문양이 있는 목걸이었다. 그 운동을 위해 열심히 도와준 시인은 김영수 시인을 비롯, 플로리다 한혜영 시인, 울산의 추창호 시인, 마산의 김복근 시인, 그리고 백수 정완영 시인이 도와 주었다. 김영수 시인은 하도 오랜 시간 사이트에 들어가서 활동하느라 눈이 나빠지고 건강도 나빠졌다고 한다. 병영초등에서 제1회 세계어린이시조사랑 축제를 하는 때는 한글학회 울산문인협회 경남시조시인협외 한국문인협회 등 많은 곳에서 사람들이 참가하여 축하를 해 주었다. 그리고 나는 시조월드란 잡지를 내기로 결심하고 결국 그 잡지를 시작했다. 그리고 시조월드 또 세계한민족문학사이트란 웹을 열고 그 실무 책임자로 LA로 이사 온 성귀영 시인과 남편인 폴정 씨에게 맡겼다. 이 운동은 선풍적인 인기를 끌어 그 후 부산 마산 진주 등지의 행사를 위해 매년 한국으로 나갔는데 금전적 문제에 봉착했다. 그래서 백담사 무산 조오현 스님께 도움을 청하여 박구하 씨에게 전무를 맡게 하고 무산 스님은 시조사랑협회 회장을 맡고 나는 명예회장을 맡았다. 무산 스님은 그 일을 위해서 자금지원을 했지만 행사에는 잘 나타나지 않았다. 진주에서 행사를 마친 후에는 그 행사를 전주에서 하기로 준비를 하던 중에 박구하 시인이 심장마비로 사망하는 사건이 생겼다. 세계시조사랑협회는 문을 닫게 되었고 내가 발행하여 발행처를 박구하 씨 사무실로 옮겼던 시조월드도 폐간이 되고 말았다. 시조월드 문학상을 줄 때는 중국의 연변 이상각 시인, LA의 정완영 시인, 그리고 공동수상자인 시카고의 허연 시인도 와서 캘리포니아 전역과 그랜드캐년을 여행한 적이 있다. 시조월드란 잡지가 폐간되고 어린이시조 사랑 운동이 중단된 것은 나로서는 참으로 애석하기 그지없는 일이었다. 그후 나의 어린이 시조운동을 계승한다고 부산의 서관호 시인이 '어린이 시조나라'를 창간했고 지금까지 그 잡지를 꾸준히 내고 있다.

3
부

〈모든 길은 꽃길이었네〉

스쳐온 구비구비 사연이야 많았지만

지나온 모든 길은 아름다운 꽃길이었네

꽃 피고 새 우는 동네 한가운데를 지나왔네

간절함이 통하다

신이 존재하여 우리가 간절하게 빌면 도와주는 것일까? 교회도 절도 그렇다고 어느 타 종교라도 믿은 적 없는데 그래도 무슨 신이 좀 도와주는 경우는 있을 것인가, 그렇게 간절히 기도하는 분들도 많은데 우리에게 그 순서가 돌아올 수 있을 것인가 하는 의문은 늘 갖고 있다. 그렇다고 신이 없다고 단언한 적도 없는 듯싶다. 그래서 우리 둘은 천지신명께 기도를 드린다. 그렇다고 촛불이나 향을 피운 적 없어도 간절한 마음으로 빌 때가 많다.

빈주먹으로 국제농을 일구다 보니 눈앞이 캄캄할 때가 많았다. 어떻게 이 순간을 견뎌야 할지 안절부절못하게 되는 순간이 많았다. 그때마다 천지신명께 마음속으로 간절한 기구(祈求)를 드린다. "천지신명이시여, 이 고난을 순간을 제발 무사히 넘기게 해 주세요." 하고 빌게 된다. 그런데 그 기도의 간절함을 신이 도와주신 것일까, 그때마다 무슨 답답한 숨통을 틔워줄 일이 생겨서 그 역경을 피해오고 있다. 그래서 아무리 절박한 순간이 반복되어도 불면의 밤을 새우거나 고민을 심각하게 하거나 하는 일은 없었다. 그래 이번에도 잘 될 것이다, 천지신명이 우리를 도와줄 것이다, 하는 낙관을 갖고 그 매 순간을 겪어 오고 있다.

우리 농장 지역에는 강풍이 불 때가 많다. 특히 겨울철 농사 시즌은 강풍이 늘 불어서 이곳은 윈드서핑으로 세계적으로 유명한 곳이다. 갓 이식한 묘목들이 활착도 되기 전에 강풍이 불면 포기가 말라 죽거나 잎이 다 시들거나 하게 된다. 그럴 때마다 우리는 신을 찾는다. 그런데 거짓말처럼 우리 농장에만 바람이 피해 가서 묘목들이 무사한 경우가 한두 번이 아니다. 지구 온난화 현상으로 비 없는 사막 농장에 폭우가 쏟아질 때도 많은데 그때마다 우리가 빌면 비는 산에만 뿌려주고 농장에는 이슬비 정도로 지나갈 때가 한두 번이 아니다. 몇 년 전 태풍카테고리 1번인가 폭풍우가 휘몰아친 적이 있다. 그때는 롤레또 이남의 전 지역의 고압선 전주가 넘어지고 까보산루까스 지역은 호텔 등 높은 건물의 벽이 무너지고 유리창은 모조리 박살이 나고 피해가 극심한 적이 있었다. 그래서 우리 둘은 간절하게 천지신명에게 기도를 드렸다. 그런데 이게 웬일인가 우리 농장은 온실도 말짱하고 창고 건물이 바람이 불어오는 쪽 지붕만 좀 파괴되었다. 우리 근처 농장들 온실은 그 태풍으로 모조리 파괴되고 막대한 피해를 입어서 아직까지 회복 못한 농장들이 수두룩하다. 그후에도 우리는 천지신명이 우리를 틀림없이 돌보아준다는 확신으로 매 순간 절절매는 일은 별로 없이 낙관론을 지속적으로 갖게 되었다.

파라다이스는 어디에 있는가

과연 파라다이스는 어디에 있는가? 있다면 우리가 그곳에 도달한 셈인가 의문이 들 때가 많이 있다. 재산이 몇십억이면 그곳에 도달했다고 볼 수가 있는 것일까, 산수가 다 되었는데도 안 죽고 살았다면 그곳에 도달했다고 볼 것인가, 그런 객관적 판단의 근거는 무엇으로 볼 수 있을 것일까 하는 생각이 든다.

〈모든 길은 꽃길이었네〉
스쳐온 구비구비 사연이야 많았지만
지나온 모든 길은 아름다운 꽃길이었네
꽃 피고 새 우는 동네 한가운데를 지나왔네

내 시 '모든 길은 꽃길이었네'를 관통하는 주제는 목표점이 파라다이스가 아니라 그 곳을 찾아가는 모든 지난한 그 과정이 다 아름답고 '꽃 피고 새 우는 동네'라고 말하고 있다. 이 작품으로 만해 한용운 기념사업회에서 주는 유심작품상을 받았고 상금도 두둑했다.

경제적으로 말한다면 우리는 이제 파라다이스에 도달했다고 볼 수 있다. 우리 부부가 갖고 있는 재산이라든지 우리 아들 두 식구가 갖고 있는 재산으로 볼 때면 그렇다고 판단된다. 이제는 돈을 모으는 것이 아니라 좋은 일에 풀어야 할 때라는 생각을 갖고 있다. 이제 올해가 산수(傘壽)가 되는 해이기 때문이다. 나이 팔순이라면 살 날이 얼마 안 남았다는 뜻이다. 잘해야 한 10년은 살 수 있을까. 주변의 친인척 친구들은 세상을 떠난 이들이 많다. 나라고 사람들의 희망대로 9988 234한다는 보장은 없다.

그러면 사는 땅을 파라다이스로 생각할 수도 있을 것인가? 고향과 고국을 떠올리면 정치는 지옥 같지만 친구 친척과 어울리는 순간은 그곳이 파라다이스가 틀림없다. 우리 현주소가 로스앤젤레스 말비스타 힐은 어떤가? 그곳은 기후는 춥지도 덥지도 않고 해안에서 가깝고 또 로스앤젤레스 한인타운과 가깝고 노후에 살기에는 천국 같은 곳이란 생각이 드는데 그렇다면 그 점으로 판단해도 이미 파라다이스에 당도했다고 볼 수도 있을 것인가.

운명적으로 지난 30년은 멕시코 바하캘리포니아 라파스 인근 차로 1시간 남짓 걸리는 동네에 주로 살고 있다. 또 멕시코 영주권도 갖고 있다. 농장은 로스플란네스에 있고 사는 동네는 엘사르헨토에 있다. 이미 이곳은 많은 사람들에게 천국으로 인식되어 이미 거주민의 반수 이상이 외국인으로 구성된 외국인 촌이라 볼 수 있다. 겨울철에 바람이 많이 불고 바다가 깨끗하여 수많은 윈드서핑족들, 바다낚시나 스쿠버 다이빙을 즐기는 외국인들이 한없이 몰려와서 살고 있는 동네에 우리가 가장 좋은 바다 앞 땅을 소유하고 살고 있다. 그들은 지나가며 우리가 부러워서 말을 건넬 때가 많다. 우리는 이미

이 동네에 올드 타이머로 우리가 산 땅들은 지난 20년 사이에 5배에서 10배까지 오른 셈이다. 이 동네 땅값을 올린 또 다른 요인이 있다. 세계 최고 부자들에 속하는 월마트 형제들이 이곳에 농장을 사서 살고 있다. 전망 좋은 오션뷰 산들은 다 사들이고 있고 그 주택단지에 끌고 올 농작물을 사들이는 것도 농장 값을 일 년 사이 배로 뛰게 하는 요인이 되고 있다.

멕시코는 물가가 미국의 약 1/5 정도로 싸서 살기가 참 경제적이다. 기후도 섭씨 10도 이하로 내려가는 경우가 별로 없고 바닷물은 적도에서 올라온 난류가 흘러서 늘 따뜻하다. 그래서 윈드서핑족들에게는 이곳 기후 특성이 천혜의 천국이 아닐 수 없다. 범죄는 마피아들끼리 판권을 놓고 가끔 사람을 죽이는 경우는 있지만 외국인 은퇴자에 대한 살인은 거의 없는 셈이다. 좀도둑은 약간 있지만, 주위 친구들과 서로 지키는 경우에는 좀도둑도 없다고 보아야 한다. 그래서 우리는 농사가 끝나는 5월 말까지는 집에서 농장까지 30분 거리를 내왕하며 천국에서 살고 있다는 생각이다.

이래저래 한없는 고난의 세월을 거쳐 지금 우리는 파라다이스를 찾은 셈이고 행복한 나날을 누리고 있다. '멀고 먼 파라다이스' 그곳에 도착했다고 안부를 띄운다.

한인문인협회를 창립하다

내가 미국에 도착하여 신문사에 취직이 되기 전이었다. 마침 그때 송상옥 작가와 시인 전달문 씨가 미국에 비슷한 시기에 도착했다. 나는 송상옥 씨와는 잘 아는 사이로 판문점 도끼만행 날에 내 시가 조선일보에 실린 적이 있었고 평소에도 서울에서 교류가 빈번하였다. 나처럼 주당파가 아니고 아주 말수도 적고 비사교적인 분이라 그렇게 친하다 보기는 좀 그런 사이였다. 그분이 신문사에 나간다 하고 그곳에 가본 적이 있다. 그 신문은 부정기 타브로이드 판으로 좌파 내지 친북 신문이었다. 김운하라는 분이 사장이었고 송상옥 씨와는 마산고 동기 동창이었다. 그분 꾐에 빠져 잘나가던 조선일보 문화부장 자리를 박차고 미국으로 무조건 온 것이었다. 김운하 씨는 내게 잘 왔다 하면서 무슨 학습을 하자고 제안했다. 날짜를 잡으려는 걸 다음으로 미루었다. 그후 송상옥 씨가 사는 아파트에 가서 함께 잘 경우가 있었는데 자다가 보니 온통 천장이고 바닥이 전부 바퀴벌레

투성이고 천장에서 뚝뚝 떨어지는 놈도 있었다. 내가 한인타운에서 좀 정보를 듣고 보니 그 신안민보에 다니다가는 영주권은 얻을지 몰라도 가족이 합류한다는 보장은 없는 듯싶었다. 그래서 내가 그 말을 했더니 월급도 없는 신안민보를 떠나 송상옥 씨는 한국일보 문화부 차장으로 직장을 옮겼다.

82년 초에 내가 중앙일보에 기자로 일하게 된 후 자주 만나던 문인들이 모여 우리가 문인협회를 만들어서 잡지도 내고 만나서 술도 마시고 자주 만날 계기를 만들자면 협회를 만드는 게 좋을 것이란 의견들이 오고 갔다. 그 일은 평소에 사람들과 별로 친분이 없는 송상옥 씨보다는 내가 제일 적임자라고 추켜세웠다. 그래서 조직책을 내가 맡아서 문단 조직관계 일을 시작했다. 송상옥, 전달문, 아동문학가 황영애, 이성호, 정용진, 오문강, 김명환 등과 종교신문을 하던 강일화가 김봉태 씨의 화실 갤러리스코프에서 창립식을 개최하게 되었다. 82년 여름인데 날짜는 잘 기억나지 않는다. 그렇게 하여 한국의 사단법인 격인 비영리법인체 미주 한국문인협회가 결성되고 제1호 미주문학 잡지가 나오게 되었다. 회장은 송상옥 씨가 맡고 나는 사무국장 겸 미주문학 주간을 맡았다. 그후 제1회 문학의 밤을 갖기 위해 하와이대에 교환교수로 와 계신 구상 시인을 모시기로 했다. 구상 선생과 나는 한국에서 아주 친하게 지내던 사이였다. 파일럿 시절 하와이대를 다니던 따님과도 만난 적이 있다. 구상 선생님은 해외 최초로 결성된 한인 문학회를 축하하셨고 나날이 발전하는 한인커뮤니티의 성장에 대해 특별한 찬사를 하셨다.

예이츠의 파라다이스 농장과 달라서

아일랜드의 시인 예이츠에게는 이니스프리 호수 섬이 그의 파라다이스인 모양이다. 그는 그곳에 가서 작은 오두막을 짓고 콩밭 일구며, 벌들 잉잉 우는 숲에서 저녁에는 홍방울새 날개 치는 소리를 들으며 살겠다고 했다.

우리의 파라다이스는 어디인가? 우리는 새벽밭을 걸으며 무엇을 꿈꾸는가?

이른 아침 묘목들이 자라는 밭고랑을 걷노라면 여린 잎들이 발산하는 푸른 생기를 느끼게 된다. 어디가 아픈지 어느 곳에 문제가 있는지 조금만 살펴보면 다 알 수 있다. 문제가 더 커지기 전에 그들을 보살펴야 할 의무가 있다. 농부는 밭고랑을 살펴보고 있을 때가 제일 행복한 순간이다. 묘목들도 다 무언가 말을 하고 있다. 그 무언의 소리를 알아들어야 농부라 할 수 있다.

우리 농장에서는 매주 약 2~3헥타르씩 심어나가 110헥타르 면적에 작물을 심는다. 그러면 평균 헥타르당 44피트 컨테이너로 약 100트럭 이상의 작물을 수확하게 된다. 1트럭에는 5킬로 참외인 경우 약 3천 박스를 싣는다. 그것을 돈으로 환산해 보면 한해 얼마를 벌 것인가 심장이 두근두근해지기도 한다.

농사에서 중요한 것은 작물마다 특성이 다른 점이다. 어떤 품종은 추운 기후에서 잘 되고 어떤 것은 따뜻해야 잘 자란다. 가야백자 종류는 따뜻한 곳에서 잘 자라기 때문에 일찍 심으면 과가 너무 작게 나와서 팔 수 없는 경우가 생긴다. 그러나 또 더위가 너무 올라가면 과가 너무 커져서 판매에 지장이 있다.

참외도 과가 크게 나오는 종자가 따로 있다. 한국 수박은 인기가 좋지만 잘 물러져서 엘에이에 도착한 뒤 다시 뉴욕, 시카고, 캐나다의 토론토 등으로 보내는 데 문제가 있다. 그래서 원거리 수송에도 문제가 없다는 새로 개량한 씨앗을 현재 실험하고 있는 중이다.

이런 문제들을 해결하기 위해 우리 농장의 씨앗 재배 온상에는 모든 작물의 실험 모판을 두고 있다. 특별히 마크가 표지된 씨앗 판에 모종을 기르고, 이식 후에도 그 고랑 줄에 마크를 하여 딴 작물과 혼동이 생기지 않도록 하고 있다. 또 우리가 요구하는 특성에 맞게 씨앗을 개량하여 전적으로 우리에게만 팔고 다른 농장에는 팔지 않는 씨앗회사도 두고 있다.

농사에 많은 어려움이 많지만, 그중에도 작물의 특성을 잘 관찰하고 더 좋은 종자를 얻을 수 있도록 씨앗회사와 재배농 사이의 긴밀한 정보 공유 체계를 갖추는 게 무엇보다 중요하다.

예이츠의 파라다이스는 돈 계산이 없지만 우리 경우는 간절하게 이익을 생각하지 않을 수 없다. 그래서 늘 긴장과 긴장의 연속 속에 살게 된다.

해외생활에서 지켜야 할 수칙 4

* 위험은 어디나 도사리고 있다. 그렇다고 두려워 말아라.

한국이 무법천지인 것 같아도 치안은 세계 최고에 속한다. 이번 말레이지아 그 동네 지네 형 피살사건이 보여주듯 언제나 어느 곳이나 생명을 노리는 위험이 도사리고 있다. 돈을 관리하는 방식을 자신이 직접 정한 시간에 정한 곳에서 매일 같은 방식으로 움직이는 것은 위험하다. 그것을 노려서 사람을 죽이는 경우를 아주 많이 목격했다. 나도 죽지는 않았지만, 가방과 짐을 털리고 가방을 뺏기고 돈과 여권 중요서류 등 다 잃고 혼이 난 적이 있다. 잠시 맥도날드에서 햄버거 사려고 줄 선 순간 일어난 일이었다. 은행 들어가며 나오며 늘 자신을 노려보는 눈길을 의식해야 하고 조심해야 한다. 한인들은 그 점을 쉽게 생각하여 죽음을 초래한 경우를 계속 보고 있다. 수표를 바꾸어 주는 리커스토어를 하는 경우, 같은 시간에 은행에 입금을 위하여 다녀가는 경우, 야외에 캠핑을 하며 금광이나 유전 기타 사업을 연구하는 경우, 정기적으로 방문하는 곳에서 돈 있는 폼을 잡는 경우, 자신이 모르는 사이 한국에서 졸부 습관이 몸에 배어 가난한 그 나라 사람을 무시하는 경우, 의리를 지키지 않는 경우 등등 목숨을 노리는 위기가 늘 상존하고 있는 곳이 해외생활이다. 조심조심 밖에 달리 도리가 없다. 요즘은 어느 나라 어느 곳이나 떼강도가 출몰하는 일이 다반사로 일어나고 있다. 갈수록 사는 일이 험악해지고 있다. 집 떠나서 해외로 떠도는 일은 팔자가 더 센 사람으로 볼 수 있다. 낭만적일 수도 있지만 그렇게 위험할 수 있다. 늘 예민한 감각으로 위험에 대한 사전 준비를 하고 있어야 한다. 은행이 여러 지점이 있는 경우 그 지점을 매번 바꾸고 현금을 찾는 시간도 매번 바꾸고 또 믿을 수 있는 직원도 자주 바꾸는 방법이 어떨까 싶다. 특수한 차를 타지 말고 현지 범퍼를 단 허수룩한 낡은 고물차를 타는 것도 좋을 것이다.

  * 작은 위험을 늘 생각해야 한다.

  가령 와이키키 해안이나 세계 어느 곳이나 유명리조트 바닷가 모래밭에 수건과 호텔 키를 묻어 놓고 바다에서 수영을 하다가는 그것을 노리는 도둑들에게 호텔의 중요한 짐을 다 잃을 수 있다. 내가 아는 분은 예쁜 미인이 재미를 보자는 말에 흥정을 하고 샤워를 하는 사이 여행 가방 속에 돈을 챙겨 달아나서 방방 뛰는 경우를 본 적도 있다. 프랑스 파리 로데오 거리에는 소매치기, 환치기, 네다바인들이 우글거린다. 쉽게 생각했다가는 다 잃고 만다. 그들은 동양인 특히 한국인, 일본인, 중국인 등을 노리고 있다. 이제 밤에는 옛날처럼 흥얼거리며 밖으로 나도는 시절이 끝났다. 세계 어느 곳이나 전쟁터처럼 위기감이 감도는 시절은 조심조심하는 것밖에 달리 도리가 없다. 위험 국가는 여행을 삼가는 것도 한 방법이 될 것이다.

* 그 나라 경찰을 믿지 못하는 경우가 많다.

제3세계에서는 경찰과 도둑, 마피아가 한통속으로 동업자인 경우가 많다. 경찰이 잡아서 추궁하는 경우 갖고 있는 돈이 얼마인지 그것부터 먼저 파악하고 죄목을 만들어 가는 경우가 많이 있다. 그것을 대비하여 경찰에게 줄 작은 현금을 넣어 놓고 흥정을 하는 것도 한 가지 방법이다. 비상금은 품속이나 양말 속에 따로 넣어 놓는 것도 한 가지 방법이 될 수 있다. 그곳 경찰은 갖고 있는 돈 액수를 먼저 파악하고 엉뚱한 죄목을 만들어 내기 일쑤다. 자가운전을 하는 경우 그 경찰을 대비하여 조심하는 것이 중요하다. 그리고 대도시 택시 운전기사를 조심해야 한다. 택시 운전기사가 마피아와 동업자인 경우가 많고 위장 마피아일 수도 있다. 늘 조심하여 사람이 많은 곳에서 평범한 여행객으로 보여야 한다. 집 떠나면 늘 위기가 닥칠 수 있음을 명심해야 한다. 한국이 무법천지같이 보여도 여행하기 가장 안전한 나라에 속한다.

* 해외에서는 지는 것이 이기는 것이다.

해외생활을 하다 보면 매일 별 희한한 인간을 만나곤 한다. 그렇다고 그자에게 이기려 하지만 이길 도리가 없다. 그곳 공무원 경찰 동네 유지들 어느 하나 당신의 편은 없다는 걸 명심해야 한다. 가재가 게 편이라는 건 상식에 속한 이야기다. 만약 현지인과 싸우거나 문제가 발생할 경우에 당신 편을 들어줄 사람은 한 사람도 없다. 결국 자신이 약간 손해를 보고 위기를 모면하고 최종 목표인 자신의 사업이나 원하는 일을 달성하면 된다. 해외에서는 결국 지는 것이 나중에는 이기는 길이다.

말비스타 힐 집에서 일어난 이야기

말비스타힐 집은 좌청룡 우백호도 어림짐작해서 산 집이라서 행운이 계속되었다고 말한 적이 있다. 그러나 좋은 일에는 호사다마(好事多魔)라고 마냥 좋은 일만 계속되는 건 아닌 듯싶다. 어느 날 지붕에물이 새어 물 새는 부분이 굴뚝 옆인 것 같아서 둘러보러 간다고 이층 베란다로 사다리를 올리는데 아랫부분과 윗부분이 절로 빠져서 그냥 윗부분을 갖고 올라가게 되었다. 그 윗부분은 땅을 고정시키는부분이 없었다. 올라갈 때는 처가 잡아주고 올라갔는데 내려올 무렵에는 마침 전화를 한다고 사다리 옆에는 없고 근처에 있었다. 무심코 내려오는 순간 사다리가 쭈욱 미끄러져서 사다리와 내가 동시에아래 세면 바닥에 쿵 소리를 내며 처박힌 것이다. 시멘트 바닥에 머리가 부딪히는 순간 내가 손으로 막았다. 머리 부분은 충격이 덜하였지만 좌측 대퇴골 부분은 복합골절로 부서졌다. 하지만 다행히 척추에는 이상이 없었다.

아들에게 전화를 걸어서 한인타운 유명종합병원으로 갔다. 3일간 그곳에서 사진도 찍고 입원 수속을 밟아서 그 병원에 머물렀지만 나의 소견은 좀 복잡하여 아무래도 UCLA 큰 병원에 전문의가 있으니 그곳에 가는 게 좋을 듯하다 하여 그 병원으로 후송을 하게 된 거다. 그 병원은 주사약을 놓아서 혼수상태로 만든 다음 수술이 시작되었고 나는 의식이 없어서 모르지만 결과가 좋다고 하였다. 하도 나랑 가족들도 혼이 나간 상태라서 직계가족 외에는 누구에게도 알리지 않았다. 그 병원은 엘에이 남쪽 산뻬드로 근처에 있었는데 수술 후에는 근처의 다른 병원으로 옮겨서 누워 있게 하였다. 그 사고로 그 병원에 꼭 3개월을 입원했고 그 후 3개월은 집에서 병원을 가거나 병원에서 우리 집으로 의사와 간호사를 보내어 경과를 살피도록 하였다. UCLA 병원 의사들의 의료기술이 아주 높아서 지금까지 부작용이나 통증은 일체 없고 그냥 맨살에 플라스틱을 넣었다고 하는데, 넣은 느낌이 일체 없다. 그 사건은 나에게 많은 경종을 울려 주었다. 약간 의심나는 경우에는 수시로 의사를 찾아보고 주치의 그리고 심장 주치의도 6개월에 한 번은 방문을 하고 있다. 심장전문의는 내 심장에 이상이 생겼다고 하룻밤 입원시키고 막힌 혈관을 뚫고 스탠스 하나를 박아 넣었다. 그 사고로 인하여 마냥 자신만만하던 나의 건강에 의심을 갖기 시작한 건 추락사고 이후에 일어난 변화로 볼 수 있다.

그런데 행운인 것은 추락 사고가 생기기 6개월 전에 한국일보 기자로 은퇴하고 보험회사에 다니는 이정인 씨가 보험을 넣자고 했다. 아무 병원이라도 하루에 몇 번이고 갈 수 있는 PPO란 보험에 가입시켜 어느 병원에 가든지 내가 내는 돈이 일체 없는 보험을 넣은 게 그 사고를 대비한 것처럼 되었다. 그 보험료는 나의 소셜 시큐리티에서 나오는 돈에서 공제하고 나와서 내가 따로 내는 돈은 없다. 좀 불편한 점은 치과보험이 안 되고 약국 방문 시 공제액이 약간 많아서 내가 돈을 좀 내는 것이다. 그 대신 편리한 점이 더 많다고 볼 수 있다. 이정인 씨가 제안한 보험에 안 들었다면 어떻게 될 것인가. 파산은 안 하더라도 막대한 재산이 달아났을 게 뻔하다. 정말 행운이 아닐 수 없다. 꼭 사고를 예견하고 보험을 넣은 것처럼 되었다.

　미국의 병원 제도는 좀 다르다. 재산이 없는 노인이 받는 혜택을 웰페어라 하는데 웰페어를 받는 노인은 모든 것이 공짜로 되어 있다. 그래서 미국은 아주 가난한 사람들의 천국이고 아주 부자도 천국이고 어중간한 집 한 채쯤 있는 중간계층이 제일 피해가 많다고 한다. 낼 돈 다 내고 혜택은 별로라서 불만이 많은 셈이다. 만약 그때 이정인 씨에게 PPO 보험을 넣지 않았다면 그 결과가 어떨지 상상이 되지 않는다. 하루 병원비가 수천 달러씩 하는 돈을 무엇으로 갚을 수 있을 것인가. 어찌되었든 호사다마지만 인간사 새옹지마라서 좋은 일 나쁜 일이 번갈아 가며 반복되는 게 아닌가 싶다. 지붕에서 추락한 것은 악재였지만 그 후 일어나는 일들이 반드시 나쁘지만 않다고 본다.

차는 안전한 금고가 될 수 없다

라파스 시에 대한 정보는 존스타인백의 '진주'라는 소설을 통해서였다. 그 시절 라파스는 진주조개가 엄청 많고 온 주위에는 맹그로브숲으로 둘러싸인 어촌 마을이었다. 스페인계 의사와 가난한 원주민 부부가 등장하는데 전갈에 물린 외아들 후안티노를 업고 의사를 찾아갔던데 의사는 식모에게 없다고 하라고 말한다. 그래도 가지 않고 안에 계신 줄 안다니까 식모가 다시 의사를 찾는데 의사는 화를 낸다. "내가 사람을 치료하는 의사지 동물을 치료하는 의사가 아니란 말이야" 스페인계 의사는 원주민을 사람으로 보지 않았다. 그 어부 퀴노는 바다에서 가장 크고 빛나는 진주를 발견하여 진주 캐러 갔던 사람들 몰래 한 바퀴 돌아서 집에 도착했는데 그가 진주를 캐었단 소문은 바람만큼 빨라서 벌써 악당들이 길목에서 기다리고 있었다. 악당과의 싸움에서 결국 아들도 죽고 악당 몇 명을 죽이고 용케 살아남았지만 그 진주란 신의 저주란 생각이 들어서 아내와 함께 바다 깊은 물속에 던지고 말았다는 줄거리다.

　라파스(La Paz)란 스반아어로 평화란 뜻이다. 그 라파스에 그때도 지금도 별로 평화스럽지 못한 일들이 늘 생기는 모양이다. 나의 경우는 좀 억울한 케이스이다. 미국으로 갈 예정으로 일꾼들에게 줄 인건비를 좀 많이 은행에서 찾고 내가 갖고 있던 돈, 아내가 갖고 있던 돈을 다 여행용 미니가방에 넣어 운전석 자리 밑에 넣었다. 우리 둘은 멕도날드 햄버거 가게에서 점심을 사려고 줄을 섰는데 갑자기 학생 하나가 달려와서 내 차를 보라고 했다. 내 차로 돌아와 보니 어떤 멕시칸 녀석 두 명이 흰색 자기 차로 달아나고 있었고, 내 차 깨진 유리창 속에는 미니 가방도 옆의 큰 가방도 사라지고 없었다. 그놈을 추격할 생각을 했는데 이미 왼편으로 꺾인 길로 달아났고, 그 사이 신호등이 바뀌어 추격이 불가능하다는 결론에 도달했다. 경찰에 연락했지만 경찰은 몇 시간 뒤에 왔고 지문을 찍고 차체에 있는 지문까지 조사하는 듯싶었는데 그것으로 끝이고 나는 약 1만 달러에 달하는 거금을 잃었고, 더 큰 문제는 미국시민권을 잃었다는 점이었다. 다음 날 까보산루까스 미영사관에 가서 분실 신고를 했다. 한 3일 지났을까 어떤 친구가 쓰레기통에서 가방을 보았고 그 속을 뒤져서 어느 명함을 찾았고 그 사람에게 물어서 내 전화를 알아내어 전화를 해 왔다. 가방을 받아보니 돈만 없어졌고 여권과 다른 서류 등은 고스란히 들어 있었다. 그자들이 찾은 쓰레기통은 시외버스 정류장 쓰레기통이었고 그 차도 훔친 차였고 밤새워 술 먹고 담배를 피웠는지 가방은 담배냄새로 찌들어 있었다. 영사관에 여권을 찾았다고 연락을 했으나, 이미 그 여권은 무효가 되었고 새로 신청한 여권이 도착하면 내게 연락한다는 소식을 들었다. 그 후로는 은행에서 나올 때 주변을 살펴 이상한 인간이 날 보고 있는지 관찰하는 것이 습관이 되었다. 아들에게 전화하니 그자들을 추격하지 않은 것은 정말 잘한 일이라 했다. 그자들은 다른 무기를 갖고 있을 터이고 그랬다면 죽었을지도 모르는 일이라서 오히려 행운이라는 말이었다.

라파스는 겉으로는 이름 그대로 평화스럽고 참 아름다운 항구도시이다. 외국인들도 많이 살고 여행도 많이 와서 어디나 외국인을 만날 수 있다. 말레콘 거리를 한번 걸어 보고 카페에서 한가롭게 맥주 한잔 혹은 커피 한잔을 들어 보라. 마음속 깊숙이 행복이 절로 솟게 될 것이다. 파라스항은 세계 어느 항구보다 정말로 아름답고 겉으로는 평화스러운 항구이고 말레콘 중심에 여객선 터미널이 있어서 외국에서 단체로 온 분들을 늘 만날 수 있다.

보살핌과 행운이 깃든 여든

현재 농장 상태와 아들 유통회사 이야기도 좀 해야겠다. 우리 농장은 회계연도를 미연방정부처럼 7월 1일에 시작하여 다음해 6월 말까지로 잡고 있는데 7월은 통상 쉬고 8월 1일부터 농장 농사가 다시 시작되는데, 씨앗을 모종팟에 심고 온실에서 그늘을 만들어 온도를 낮춘 곳에서 기르기 시작한다. 그때는 역시 출하기에 맞춰서 통상 열흘 간격으로 심게 된다. 그것이 한 달 반이 지나면 옮겨심기 시작하고 이식한 작물의 첫 수확 때에 맞춰 우리가 오게 된다. 그 시기는 통상 시월 말쯤이 된다. 우리가 온 이후 일어난 이야기인데 워낙 없는 제로 상태에서 농장을 시작한 관계로 아직 완성이 안 되었다 하면 좀 의문이 드실 거다. 장비도 새것을 사는 경우는 거의 없다 보니 매번 사도 몇 년 쓰고 보면 다시 사야 할 경우가 비일비재하다. 우리가 도착한 이후 농장이 잘 돌아가지 않아서 산 것을 설명하면 5년 된 MF트랙터를 새것은 5만 달러 하는데 3만 달러에 사서 매달 1만 달러씩 페이하여 3개월 만에 다 갚았다. 그 후 트럭이 꼭 필요하여 처음에는 티화나에서 찾았다. 새것은 엄두가 안 나고 20년 된 것 그리고 2만 마일을 탄 트럭을 우리 농장 동네에서 찾아내어 1만 2천 달러 요구하는 걸 1만 1천 달러에 사서 오늘 아침 농장으로 가져왔다.

아직도 고치지 못한 점을 말해야 하겠다. 농장 묘판을 놓은 온실에는 통상 자동스프링쿨러가 있고 그것이 자동으로 움직이며 물을 주는 게 대농장은 보통이다. 그런데 우리는 헌 플라스틱 박스를 놓고 그 위에 모판팟을 놓고 중간에 스프링쿨러 대신 사람이 물을 주고 작물을 기르고 있다. 모판에 씨앗을 심을 때는 통상 자동씨앗파종기(Black More Seeder)를 사용한다. 그런데 우리는 자동씨앗파종기가 없다. 사람이 죽 늘어서서 손으로 파종하고 있다. 그 이유는 물론 자동 파종기를 사야 하지만 지금까지 사용하던 모종팟을 다 버리고 다시 단단한 그 파종기 회사에서 직접 판매하는 새 제품을 사서 사용해야 하기 때문이다. 수확한 작물은 한국 성주참외 협동조합처럼 자동선별기를 사용한다. 자동선별기는 사이즈 색깔로 구분하여 크기와 무게 색깔에 따라 컵을 뒤집어서 굴러나오게 하는데 그것은 타 과일농장도 사용하고 있으며, 사과 농장 배 농장에서도 마찬가지로 사용하고 있다. 그런데 그 장비는 수십만 달러를 호가한다. 우리 협업농장인 콘스티투시온의 피델농장에서 그것을 토마토 선별용으로 사용하고 있다. 우선 그 장비를 사용하자면 엄청난 규모의 창고 시설이 있어야 하고 냉장시설도 갖추어야 한다. 장비뿐만 아니라 창고와 냉장시설을 갖추자면 수백만 달러가 있어야 한다. 우리는 냉장시설도 없이 하고 있다. 트모킹이란 냉장시설을 갖춘 컨테이너 한 대로 작업 후 바로 넣어서 그날 출발할 운전기사가 가져온 컨테이너를 작동하게 하여 두 군데를 사용하게 된다. 그 작업을 위해 그날 도착한 운전기사에게 디젤 값도 약간 쳐주게 된다.

그것만이 아니다. 통상 11월 12월에 뭘 좀 팔고 나면 1월에서 3월 중순까지는 출하가 거의 없다. 출하가 없으면 미국 유통회사에 보낼 물건이 없게 된다. 그래서 그 회사도 물건을 주지 않고 수금만 하려고 하니까 통상 거래선이 돈을 잘 내지 않는다. 그래서 야채 과일 유통업은 판매가 클수록 깔리는 자금도 엄청나게 된다. 출하가 없는 1월에서 3월 중순까지 제일 자금이 안 돌 경우가 비일비재하다. 한해 장사가 잘 되면 다음 해는 좀 풀리다가 한해 장사가 별로인 경우에는 자금충당에 절절매게 된다. 내가 한인타운에 산 집도 팔아서 그 밑에 넣었고, 또 자금이 안 돌아서 둘째 아들에게서 긴급 자금을 빌렸는데 그 돈을 못 갚아서 우리가 비상자금을 빌려서 둘째 아들에게 준 경우도 허다하다. 둘째 아들은 혼자서 빌려 준 경우가 아니고 의사 아내와 상의하여 어머니가 보증 서면 빌려 준다는 조건이었기 때문이다. 아들 회사에 돈이 도는 때는 수확이 끝난 6월 이후에 투자가 더 이상 없을 때로 보면 된다. 그래서 우리가 로스앤젤레스 집에 도착한 6월부터 그해 말까지는 자금 부족에 전전긍긍하는 경우는 별로 없지 싶다.

나처럼 무에서 창업을 시작하여 국제 기업농 대규모 유통회사를 일으킨 경우는 참으로 고난의 세월이 연속된다고 보아야 한다. 대규모 기업은 통상 몇 대를 물려가며 회사가 큰 기업이 되었다. 미 전역의 한인타운에서 좀 큰 규모의 사업을 하는 경우는 대부분 한국에서 가져온 자금으로 시작하는 게 보통이다. 유학생 신분으로 오거나 공항에 도착한 후 당장 먹고 살기 위해 뛰어야 하는 사람들의 경우는 평생 빌빌하다가 소셜시큐리티를 약간 받아서 빈민으로 살거나 아니면 정부보조 웰페어를 받고 사는 게 보통이다. 남의 도움이 별로 없이 우리처럼 아직도 기업성장 과정에 있는 우리는 그래도 2대에 걸쳐 피나는 노력으로 겨우 밥 걱정은 더 이상 안 해도 되었지만 그러다 보니 이제 산수 80세가 된 거다. 그래도 우리 경우는 늘 행운이 돌보아주었다고 생각된다. 교회나 절에도 안 나가는 우리는 조상님이 돌보아주거나 아니면 천지신명이 늘 우리와 함께하여 우리 내외와 우리 두 아들 가족들 가정을 보살펴 준다고 생각하고 있다. 아직도 둘 중에 한 사람도 죽지 않고 둘 다 농장에서 또 농장 밖에서 뛰며 사는데, 아직 어디가 크게 아픈 곳이 없는 것만으로도 참으로 복이 많고 행운도 늘 함께하였다 생각된다.

너무 큰 과일은 반갑지 않다

　농사에서 중요한 것은 작물마다 특성이 다른 점이다. 어떤 품종은 추운 기후에도 잘 되고 참외의 과가 크게 나오는 종자가 있다. 어떤 수박 씨앗은 잘 물러져서 LA에 도착하여 외지로 멀리 보내기 힘든 종자가 있다. 그래서 모든 작물은 연방 모판을 준비하여 실험팟을 만들고 또 씨앗 회사들은 우리가 요구하는 특성에 맞게 씨앗을 개량하도록 불철주야 노력하고 있다. 우리 회사 판매를 위하여 전적으로 씨앗을 특별히 생산하고 타 농장에는 절대 팔지 않는 곳도 있다. 한국 수박이 인기가 좋지만 씨없는 한국 수박이 수송성에 문제가 있어서 새로 보내온 종자는 원거리 뉴욕, 시카고, 토론토, 캐나다도 문제가 없다는 씨앗을 현재 실험하고 있는 중이다. 그래서 우리 농장 씨앗 재배 온상에는 특별히 마크가 표시된 씨앗판을 기르고 있고 이식 후에도 그 고랑 줄에 마크를 하여 딴 작물과 혼돈이 생기지 않도록 하고 있다. 열심히 씨앗마다의 특성을 위해서 많은 씨앗 회사들과 우리 농장과의 긴밀한 정보공유 체계를 갖추고 있다.

가야백자 종류는 통상 더위에 잘 되어 일찍 심으면 너무 작게 나와서 팔 수 없는 경우가 보통이다. 그러나 더위가 너무 올라가면 그 중에는 과가 너무 크게 자라서 박스에 넣을 수 없는 과가 많이 나올 때가 있다. 그때는 과가 작은 종자 선택이 중요하다. 농사라는 게 연방 실험하고 특성의 중요성이 잘 나오도록 씨앗 회사와 재배농 간의 긴밀한 정보 공유가 중요한 점이다.

농장 일꾼 구하기의 애로

농장은 일꾼들 구하는데 애로가 많다. 제일 힘든 일을 싫어하는 것은 이곳도 동일하다. 그래서 나야릿주의 인디오 원주민을 데리고 왔다. 그들은 치마가 독특하여 한국 통치마 비슷한데 얼룩덜룩 색깔 옷을 입고 머리를 길게 땋는 특성이 있다. 그들을 잘 대해 주었는데 좀 지나자 그중 대장의 횡포가 심하여 타 농장으로 옮겨가서 지금은 한 명도 남아있지 않다. 올해는 동네 일꾼들 중 거의 대부분 엘사르헨토 건축공사장으로 옮겨 가고 우리 회사에 남아 있는 자들은 그 공사장보다 더 돈을 많이 받는 10여 명이다. 그래서 올해는 멀리 와아까주에서 사람을 데려오도록 비행기표와 선금을 준비하고 매니저가 출발 준비를 하고 있던 차, 갑자기 토마토 값이 폭락하여 더 이상 토마토를 딸 수 없는 지경이 되었다. 토마토 농장으로 가던 일꾼들을 실어나르는 미니밴 운영그룹을 이곳에서는 판넬이라 하는데 매일 같이 전화가 와서 농장 일꾼 문제는 올해는 걱정이 없어졌다고 한다. 판넬그룹을 운영하는 자에게는 통상 일꾼들 임금 외에 추가로 경비를 더 주고 있고 자기 일꾼들에게 일을 시키는 대장 노릇을 하고 있다.

올해는 비룟값이 갑자기 작년에 비해 40%가 올랐다. 그리고 비룟값 자재값 등도 약 20%가 올랐고 임금도 비례하여 더 높게 주고 있다. 특히 매니저 경우는 임금을 금년에 대폭 올려주었고 몇 년 전 매니저 두 사람에게 집터 두 개를 선사하기도 하였다. 그런데 우리 사는 동네 엘사르헨토는 개발 붐으로 땅값이 치솟아 그 땅 시세가 한 친구는 15만 달러, 또 한 친구는 10만 달러에 달하고 연방 그 값이 치솟고 있어서 싱글벙글이다. 그들 두 매니저는 형제간이고 참 잘생긴 스페인계 순계 혈통에 속한 사람들이다. 이곳은 대체로 스반아 피가 순계에 가까운 사람들이 잘 살며 정부 고위층에 진출해 있다. 못생기고 키도 작고 볼품없는 인간들은 사회 저소득층을 이루거나 농장이나 공사판에서 일하고 있다. 트랙터 운전을 잘하는 친구는 우리 농장에 세워둔 RV밴을 욕심내어 현재 시세 약 5천 달러를 공짜로 주었다.

멕시코에서 가장 부러운 것은 인구가 폭발적으로 증가하고 있는 점이다. 우리가 처음 도착할 무렵에는 1억이 좀 못 되었고 국토면적은 한국의 17배였는데, 30여 년 사이 인구가 1억 2천에 달하고 있다. 그래서 길거리에는 아이들과 강아지 떼가 발에 걸릴 정도다. 갱단 총격으로 연간 약 2만 5천 명 정도가 죽는 것을 감안한다면 폭발적 증가로 볼 수 있다. 이곳의 저소득층은 아이들이 약 13세, 14세 정도 되면 첫 섹스를 하고 14세, 15세 정도면 아이 엄마가 되어 아이를 업고 다닌다. 그래도 남을 비웃거나 손가락질하는 문화가 없다. 다 신의 선물로 생각하고 성당에 가면 신부들이 축복 기도를 해준다. 아이가 아이를 낳고 보니 젖을 가리고 아이에게 젖을 먹일 생각 없이 남의 눈치 보지 않고 젖통을 내어 놓고 아이에게 젖을 물리는 광경을 종종 목격하게 된다.

멕시코에서 여행을 하면서 느낀 점은 사람이 죽은 경우는 꼭 십자가나 성모상을 세운 것을 목격하는데, 차를 타고 지나는 사람도 함께 성호를 그리며 사후세계를 축원해 주는 점이 특별하다. 어떤 경우는 남의 상점 앞이나 도로 중앙선 부근이나 어느 곳이든 그것을 말리고 불평하는 사람이 없는 점이다. 사후 명복을 비는 점은 참 독특한 문화를 이루고 있다.

내 인생의 고마운 사람들

　지금까지 만났던 대부분의 분들이 나에게는 결국 참 고마운 분들이었다. 대한항공 조중훈 회장도 그분들 중에 한 분이었다. 우리 육군 항공 출신들은 공군 파일럿 사이에 끼어 기죽고 살 때, 측근은 언제나 육군항공 파일럿을 전속 파일럿으로 두었다. 우리 육항 동기 박종기 기장은 전속 제트 비행기 기장이었고 조창호 기장은 전속 헬리콥터 기장이었다. 나의 경우도 10년 일찍 들어가서 화곡동에 신축주택에 살게 된 것은 다 그분이 넣어준 덕분이었다. 내가 사업이 망하여 한국으로 되돌아가서 재취업을 부탁할 때 나를 괘씸죄로 몰아서 못 들어오게 한 동생 조중건 사장도 지금 생각해 보면 참 고마운 분이다. 그때 재취업으로 다시 들어갔다면 미국과 한국 두 살림을 살아야 하고 옛 버릇으로 술 퍼먹고 다녔을 것이고 나랑 어울렸던 술고래 시인들처럼 놀았을 것이 뻔한데 그렇다면 가정도 엉망이고 일찍 죽었을 것이 뻔한 사실이라 생각된다. 그렇다면 조중건 사장도 지금 생각해 보면 참 고마운 분이다. 칼이 실패로 돌아가자 아시아나 항공에 부탁했는데 나를 넣어 주면 공군 출신들은 다 사표를 내겠다고 말한 김동익 항공이사도 참 고마운 분이다. 그 당시로는 괘씸하였지만 지금 생각해 보면 고맙지 않은 분은 없는 듯싶다.

무엇보다도 우리 집사람, 내 처는 둘도 없이 고마운 천생연분이 아닐까 싶다. 베니스에서 윈드워드 마켓을 꼭 4년간 했는데 그 시절보다 그 후 멕시코 농부 생활이 더 재미있다고 생각한다. 지금도 하루도 빠짐없이 새벽 4시면 기상하고 6시경이면 농장을 출발하여 7시 정각에 농장 작업이 시작되는 생활을 불평없이 하루도 빠짐없이 하고 있고, 또 아픈 곳이나 건강 이상도 없이 오늘에 이른 것은 우리 서로 참 복이 많지 싶다.

멕시코에서 만나 사연을 엮은 모든 사람들도 때로는 괘씸하고 때로는 한심하고 죽일 놈처럼 생각되었지만 그 인연도 다 나의 오늘이 있게 한 고마운 분들이란 생각이 든다. 멕시코 36년간 사연이 아니었다면 오늘의 우리가 어떻게 있을 것인가 생각해보면 다 두고두고 판단해도 고마운 분들이 아닐 수 없다. 그들을 산적 같은 놈이라 하여 '반디도 몬타냐'라 부르고 총찬 강도는 '꼰피스톨라' 총 안 찬 강도는 '신 피스톨라'라고 부르는데, 신피스톨라는 정부 고위직 같은 자를 의미한다. 어쨌든 그들 덕분으로 참 잘 먹고 잘 살았다. 또 임금은 늘 더 주고자 노력하지만 그들은 늘 욕심꾸러기라고 팔목을 90도로 구부려서 탁 치는 시늉을 한다. 하지만 그들의 수고가 아니었다면 오늘의 농업기업이 존재할 것인가 생각해 보면, 제일 먼저 고마운 분들은 늘 힘든 노동을 견디며 가난해도 웃음을 잃지 않고 또 부자에 대해 적개심도 없는 그분들이 아닐까 싶다. 내가 왜 이런 일을 해 하는 심정은 그들은 없다. 맡은 바 직분에 충실하고 잘 사는 분들이나 높은 분들에게 적개심이 없는 그들의 낙천적 성격이 오늘도 일을 계속하는 바탕이 되고 있다. 물론 38년간 내가 살아왔던 조국 그리고 오늘의 우리 가족이 삶의 터전이 되어 있고, 65세 이후는 꼬박꼬박 매달 연금을 보내주는 미연방정부도 나의 제2의 조국이 아닐 수 없다. 그렇다, 내가 잘나서 그렇게 되었고 그렇게 살고 있는 것이 아니라 주변의 모든 분들의 희생으로 오늘이 있다는 생각이다.

사막 고행 시집 『사막시편』에 대하여

『사막시편』은 70세 고희를 맞아 낸 시집으로 나의 대표 시집 중 한 권이다. 책만드는집에서 나왔다. 그 후 번역시집 Desert Poems가 최연홍 박사와 우리 둘째 김유진 의학박사 공동 번역으로 미국에서 간행되었다. 그 후 Desert Poems는 미 영화사의 영화 촬영 제의를 받았지만 그때는 내가 번개처럼 이곳저곳으로 다녀야 할 처지로 한 자리에서 오래 설명을 해 줄 처지가 못 되어 제의를 거절한 적이 있다. 사막시편은 내가 후기에 "죽지도 살지도 못하는 극한 상황에 처박혀 귀양살이를 할 수밖에 없었고 고국은 너무 멀고 경영을 위한 자본이 나올 곳은 전무하고 언어는 통하지 않고 미래는 보장되지 않은 사막에서 극한의 주어진 삶을 살 수밖에 달리 아무 도리가 없었다고 말하고, 눈먼 무소처럼 사막 벌을 뒹굴어 오며 혼자 부른 나의 노래다."하고 설명하고 있다. 그 시집으로 시카고 팔봉기념사업회가 주는 팔봉문학상을 받은 적이 있다. 그 상도 고 최연홍 박사가 우리의 여러 가지 엮인 인연으로 준 상으로 기억하고 있다.

예술원 원장인 이근배 시인은 "이 땅의 시인들, 아니 인류의 시인들 가운데 김호길 시인만큼 시간과 공간을 무한대로 확장한 이가 있었던가. 그가 비행했던 거리와 시간은 곧 시적 사유의 깊이와 넓이를 제공했을 것이고 그가 낯선 이국의 땅에서 흘린 노동의 땀방울은 좁은 내 나라의 울타리 안에서 경작하는 곡식과 달리 혹독한 삶의 깨달음과 치유를 낳게 했을 것이다."하고 설명했다.

슬픔이 너무 크면
눈물도 마르고 만다.
눈물은 영혼의 사치
기댈 수 있어야 눈물도 있다.
기댈 곳 절망뿐이어라
물 한 방울 없는 사막 - 〈슬픔이 너무 크면〉

황치복 문학평론가는 발문에서 주제를 '사막 속의 고향, 그 황홀한 반전 드라마'에서 "사막의 드라마라고 할 수 있을 듯한 서사구조, 즉 사막에서 유배를 떠날 수밖에 없었던 필연성과 위기, 그리고 극적인 반전과 같은 요소들이 어우러져 한 편의 서사시를 형성하고 있는 듯한 이면적 구조를 발견할 수 있을 것이다. 이러한 서사시가 우리 시단에서는 낯선 사막을 배경으로 펼쳐지고 있는 점에서 이채로운 빛을 띠고 있다. 그 사막은 여행적 경험이 아니라 삶의 근거지로 작용하고 있는 점에서 그 체험과 정서가 명실상부한 감동의 원천이 되고 있다."라고 설명하고 있다.

그를 곧추세우는 것은

언제나 꼿꼿한 오기
흔들리는 방울 소리는
제 영혼을 깨우나니
저 홀로 저를 다스려
독주머니 끼고 다닌다. - 〈방울뱀〉

햇볕과 바람 그 무엇도 날 붙잡지 말아라.
손바닥엔 가시가 있고 가슴엔 비수를 품고 있다.
전갈의 매서운 독도 주머니 가득 들어있다.

내가 하늘을 향해 하얗게 춤추는 것은
무량한 자유가 무엇인지 하늘에 고하는 의식
그냥 그 신들린 춤을 멀리서 바라만 보게나 - 〈억새〉

난 아마 몇억 광년 밖
먼 별나라 사람
고국에서 늘 이방인
이국에서도 늘 이방인
빛 긋는 유성이 되어
또 떠나는 꿈을 꾼다. - 〈유성〉

이렇게 아웃사이더가 되어 방황하는 영혼의 노래라고 지적하고 있다. 그렇다, 내 시는 어느 쪽에도 끼지 못하고 표류하는 외로운 영혼의 노래가 아닐 수 없다.

4 부

미 육군항공학교 헬기 전환 과정은 처음에는 OH-13, 그 후에는 OH-23 훈련을 받는데, 두 항공기 다 잠자리처럼 꼬리가 긴 모양을 갖고 있다. 그 과정이 끝나면 월남전에서 사용할 UH-1D 교육을 받았다. 그 비행기는 영화 Deer Hunter로 유명한 비행기로 정글작전에 최고의 9인승 헬리콥터로 제트엔진을 달았다.

육군 항공 파일럿 시절 이야기

육군항공학교에서 교육 중에 같은 조원이 4명이었다. 둘은 도중에 적성불량으로 나가게 되고 나랑 육사 출신 곽상하 중위가 나란히 졸업했다. 교관은 전반기에 안장규 대위 후반기에 공선원 대위가 맡았다. 공선원 씨는 중령으로 제대하여 서울시 항공대장을 하다가 내가 미국으로 출발한 후 돌아가셨다. 조원인 곽상하는 나중에 소장으로 승진하여 육군 항공 사령관으로 취임한 적이 있는데 나는 사랑에 빠져 사천군 정동면 예수리 앳골 근처를 주말이면 가곤 했지만 별 달 목적을 가진 곽상하는 우리 집 나의 책상에 와서 공부를 하여 결국 졸업 시 그가 일등을 했다.

첫사랑에 연연하던 나는 드디어 그녀의 고향인 앳골 뒷산 소나무 숲에서 첫 키스를 하고 품에 안아 보는 순간을 가졌다. 그후 졸업하여 이동 5사단 항공대로 갔지만 매일 편지를 보냈다. 그 편지를 버리지 않고 모아두었다가 장질부사에 걸려 죽게 되었다고 판단하여 조

카를 시켜 소각했다고 한다.

첫사랑 외에는 어느 여자도 눈에 들어오지 않았다. 한번은 파일럿 몇 명이 원주에 모여서 색시 집으로 가자 하여 한 방에 한 명씩 들어가게 되었다. 나는 색시가 들어오자 돈을 쥐어주며 절대로 섹스를 할 수 없으니 좀 앉았다가 가겠다고 말했다. 그 색시는 돈을 방바닥에 흩뿌리며 울면서 나갔고 이윽고 포주가 들어와서 왜 그러느냐, 딴 색시로 바꿔 줄까 물었다. 그래서 내가 사정이 있으니 저 돈은 앞에 온 색시에게 주고 난 다만 좀 앉았다가 가게 해 달라고 말했다. 너무 고함을 지르지 말고 조용조용 말하라고 부탁했다. 그래서 나로서는 동료들에게 알리지 않고 위기를 모면한 셈이다.

미국 유학 허가가 나와서 영천부관학교를 나왔지만 나는 육군본부 항공처장에게 부탁하여 항공학교로 다시 오게 되었다. 그때 사천비행장은 육군항공과 공군비행대가 함께 근무하고 있었다. 다행히 나는 첫사랑과 자주 만날 수 있었고 나의 비행교관이었던 공 선원중령이 항공학교 교수부장을 맡아서 나는 교수부 교육담당관 자리에 앉게 되었다. 그 공 중령의 도움으로 꼭 필요한 일은 밤을 새워서라도 제대로 하여 보고 하고 그분의 도움으로 진주농대에 다시 복학하여 학교 근처 나랑 전원동인을 한 윤석년 씨 집 방 한 칸을 빌려 군복을 사복으로 갈아입고 학교에 출근하여 출석을 한 후 곧장 다시 나와 항공학교로 지프차로 되돌아오곤 하였다. 그러니 3년 더 다닌 학교는 공부를 제대로 할 처지가 못 되었다. 70년 미 육군항공학교를 졸업하고 졸업식에 참석하여 겨우 졸업은 했지만 참 한심한 학생으로 볼 수 있다. 그때 사연이 많았다. 학생 수가 겨우 20여 명이고 출석율이 1백 프로에 가까워 나 같은 엉터리 학생이 비비기가 참 힘들었다. 농대 교수님들도 출석률을 따지는 깐깐한 분들이 많았다.

미 육군항공학교를 떠날 무렵 국방부 반공 문예작품 공모에 〈소총을 소재로 한 사중주〉란 자유시를 보냈는데 그 작품을 박목월 시인이 심사하여 당선작으로 선정되었다. 시상식에는 내 동생 김원길 시인이 대구 공군 헌병으로 근무 중이었는데, 나를 대신하여 시상식에 참석하여 상장 상패 상금을 받았다. 그 〈소총을 소재로 한 사중주〉는 내 첫 시집 『하늘환상곡』에 실려 있다. 귀국 후 결혼하고 바로 월남을 떠나면서 국방부 반공 문예작품에 투고한 자유시 〈소총수〉가 박목월 시인 심사로 또 당선작이 되어 2년 연속 국방부 장관상을 받았다. 군사학교에서 1등을 해야 받는 국방부 장관상을 둘씩이나 갖는 행운을 얻었지만 나는 끝까지 장기복무를 하지 않았다. 군에서 진급할 생각을 아예 안 한 것이다. 그 반공 문예작품 현상모집 당선작 중 자유시 한 편을 소개한다.

〈소총수〉

1
내 여기 엎드려 있나니, 사랑하는 여인, 형제, 어버이도 내 조국만은 못하리. 이제는 모든 일 잊고, 까마득 추억마저 잊고, 오직 이 산맥 줄기를 부여잡고 엎드려 응시하나니, 사랑하는 형제여, 전우여, 조국 앞에 바치는 한 줄의 연가는 움켜 쥔 소총 끝에 피어나는가.
2
나는 모든 형용사를 잃었지만 주어로 기고 있다. 낮은 포복, 높은 포복 철조망과 총소리가 어울려 소낙비 내리는 곳, 외길로 나아가는 나의 집념 엎드려 기다가 아아 승리의 깃발을 향하여 달리다가 황토의 옷을 입었다, 뿌우연 흙과 땀 범벅의 옷을….
3

영원을 바라 순간을 바치고 북받치는 기쁨이여, 눈물은 대지 위에 한 알의 밀알, 빛보라 넘치는 그날에는 나의 눈물은 진실로 파란 속잎이 돋고 환희의 빛줄기 사이로 해맑은 하늘은 트여오려니, 온갖 것 그날 앞에 모두 바치고 매복한 호 속의 하늘 가운데 찬란한 성좌의 꿈이 오른다.

4

그날 우리 전우의 피 배인 땅에 다시 돌아와 먼 북녘 바라 외치는 소리 원수여, 가슴 속 멍든 상처를 못 잊는 순간마다 경련을 일으키는 눈망울 그 속에 복수의 날이 선다, 시퍼런 복수의 칼날.

5

조국의 봄소식은 어디쯤 오는 것일까, 오는 것일까 먼 하늘 아른아른 아지랑이, 대지에 맑은 기운이 돌고 움 트는 밝은 소리 누리에 피어날 한송이 꽃을 그리며 엎드리고 기다가 달려간다, 소총병의 하루, 아 뿌듯하고 보람찬 나날이여.

미 육군항공학교 시절

미 육군항공학교로 가게 되어 텍사스주 랙크랜드 미연방 언어학교 과정을 한 달 정도 끝내고 알라바마주 도산시 근처에 있는 미 육군 항공학교를 가기 위해 뉴올리언스에 도착, 하룻밤을 잔 후 이튿날은 도산행 항공기로 오후 6시경 출발하게 되었다. 나는 아침 해장할 곳을 찾아서 시내 다운타운을 찾아가 서성거렸다. 마침 차 한 대가 내 근처에 오더니 어느 미인이 나에게로 뛰어 달려왔다. 내가 군복에 태극마크 정장을 하여 쉽게 볼 수 있었던 모양이다. 그 여자는 회사에 전화를 건 후 나랑 아침식사를 끝내고 하루 종일 시내 관광을 시켜 주었다. 가발기술자로 온 분인데 그곳에 온 지가 2년이 넘었고 한국 사람은 처음 만난다고 했다. 얼마나 기뻤을 것인가. 그녀는 꼭 친오빠를 대하듯 친절을 베풀었다. 뉴올리언스는 나도 처음이지만 그렇게 미시시피강 어귀가 아름다운 역사적 사실이 많은 곡물 수출항이란 사실도 처음 알았다. 특히 그곳은 최초의 흑인이 아프리카로부터

목화밭 노예로 도착한 곳이고 그때가 1502년이란다. 그곳은 흑인들이 시작한 흑인영가 블루스 재즈 등의 발생지라는 사실도 처음 알았다. 떠날 때 숙맥이었던 나는, 성함과 전화번호를 물어보지도 못하고 감사하다는 말만 남기고 그 여자와 헤어졌다.

알라바마주 도산시 근처 포트라카에 미 육군항공학교가 있었는데 입학식 후 우리를 도와줄 스폰서를 소개해 주었다. 그 스폰서는 미 육군항공 파일럿 준위의 아내였는데 미세스 오라는 것만 알지 이름도 물어보지 못했다. 김치도 담가 주고 불고기 갈비도 사주고 우리들을 위해서 최선을 다하였다. 크리스마스 날 밤에는 푸짐한 식사 준비를 해와서 맥주를 마시며 늦게까지 파티를 했는데, 화가 난 남편이 아파트 방문을 탕탕 두들겼는데, 여러 명이 함께 있는 걸 보고 안심은 했지만 미안하다는 말도 안 한 채 돌아간 적이 있다. 그곳에는 국제 결혼한 한국 여자들이 많았다. 슈퍼 식당 등에서도 일하고 있었다. 또 하나 우리를 찾아온 미국 가정의 교인이 있었다. 캐시네 가족인데 별로 잘 살지는 못했지만 크리스천의 신앙심으로 정성껏 우리를 번번이 초대하여 푸짐한 식사 대접을 해 주고 교회에서 예배에 참여하게 하였다.

미 육군항공학교 헬기 전환 과정은 처음에는 OH-13, 그 후에는 OH-23 훈련을 받는데, 두 항공기 다 잠자리처럼 꼬리가 긴 모양을 갖고 있다. 그 과정이 끝나면 월남전에서 사용할 UH-1D 교육을 받았다. 그 비행기는 영화 Deer Hunter로 유명한 비행기로 정글작전에 최고의 9인승 헬리콥터로 제트엔진을 달았다.

미 육군항공학교 전투헬기 전환 과정을 중위 두 사람 곽근춘 중위와 안부웅 중위와 함께 졸업했다. 곽 중위는 제대 후 전라도에 살지만 안 중위는 월남전에서는 무사하였지만 국내 작전 중 뒤에서 쏜 기관총을 맞고 즉사했다.

미 육군항공학교 졸업 후 나는 사천의 육군항공학교로 오게 되어 학교장 김국록 대령의 주례로 사천극장에서 우리 첫사랑 박철자랑 결혼식을 올렸다. 나는 학교장 비서실에서 일했는데 한 달 만에 월남전 파병 특명을 받고 미함선 가이거호를 타고 월남으로 출항했다. 1주일 만에 베트남 나트랑 항구에 도착하여 월남전 생활이 시작되었다. 나는 월남에서 열심히 편지를 썼고 내가 귀국하기 전 그해 시월 말에 장남이 태어났다. 월남에 도착 후 우리 동기 두 명이 나트랑 사령부에서 근무하고 있었는데, 정재기 대위는 병기관으로 있었고, 공재원 대위는 부관부 행정장교로 몇 년째 근무하고 있었다. 도착하자 그들이 정재기 숙소로 날 데리고 갔는데 병기부대는 생기는 돈이 많은지 양주가 아이스박스 가득 들어 있었다. C레이션을 안주 삼아 양주를 몇 병 마셨는데 다음날 사령관 신고를 가자 해도 일어날 수가 없었고 날이 점점 더워지자 숨을 잘 쉬기가 어려웠다. 월남에서 한국식으로 마시다가는 죽는 수도 있겠구나, 첫날에 그 교육을 단단히 받은 셈이다.

진주농대 1학년 시절

진주농대는 지금은 경상대학교 종합대학이 되었지만 그때는 국립 단과대학으로 진주농대가 있었다. 우수한 성적으로 입학을 하여 내가 입학식에 학생대표로 선서를 하였고 나는 농학과로 들어갔다. 그 시절 국문과 교수는 시조시인 이복숙 교수였는데 등단을 내가 먼저 했으니 별로 배울 게 없다는 판단에 수업을 많이 빼먹었다. 한편 법학교수인 기리 이명길 교수가 근무했는데 나는 그분의 영향을 많이 받았다. 내가 작품을 보여 주고 설명을 받은 분은 유일하게 이 교수한 분이었다. 그 시절은 군복에 검정물을 들여서 입었고 신은 검정 고무신을 멋으로 신고 다녔다. 호리호리하고 술 마시기를 좋아하는 문학 지망생으로 학교 공부는 별로 안 하는 편이었고 주로 문학한다고 전원문학회를 조직, 그쪽 문인 지망생들과 교류를 시작했다. 그 시절 우리 동인지 〈전원〉을 발간했는데 지금은 남은 것이 별로 없다. 회장은 4학년 제행명 씨가 맡았다. 제 회장은 거제군 둔덕면 출신으로 마음씨 착하고 호리호리한 키에 장신이었고 모임에는 아주 적극적이었다. 그는 나중에 수필가로 등단했고 성주서 고등학교 교장을 마치고 지금은 대구에서 살고 있다. 동인 중 이영성 시인은 시조시인으로 등단했고 이명길 교수의 동생이다. 이 교수의 동생들 중 지금도 이영란 막내와 농파 이영성 시인은 나를 오빠나 형으로 대해 주고 있다. 최인호 시인이 있는데 그는 약간 좌파로 한겨레 신문에서 부장을 마치고 퇴직, 지금은 고향에서 활쏘기와 시짓기로 소일하고 있고 내가 진주에 내려가면 언제나 달려와서 나를 반기는 분이다. 동인 중에 한 분 또 있다. 삼성 사장과 삼성그룹 고문으로 지금까지 지내다가 근년에 은퇴한 허태학 씨가 있다. 나랑 아주 친하게 지냈는데 좌파 정권이 삼성그룹 회장, 부회장, 사장들을 괴롭힐 무렵부터 지금까지 못 만나고 있는데 올해는 서로 만나기로 약속했다. 창원에 사는 윤석년이 있다. 그도 약간 좌파로 경남 도민일보 편집국장과 논설실장을 역임한 분이다. 그도 나와 관련된 일이면 막 달려오는 분이다. 수의학과를 나온 수의사 정종기는 뉴질랜드로 이민 갔다가 지금은 경기도에 산다는데 별로 연락이 안되고 있고 우재욱 시인은 서울 사는데 건강이 좋지 않아서 나랑 만나지 못하고 있다. 페북 일번 페친인 구자운 임학박사 시인이 있다. 그분은 진주농대를 졸업, 수원농대에서 박사를 받은 분으로 매사에 너무 적극적이라서 좀 걱정이 된다. 이제현 씨는 농협에서 은퇴하여 지금은 진주 근교에 산다는데 못 만난 지 아주 오래되었다. 그밖에 몇 명이 있는데 사연들이 많아서 못 만나는 분들이 대부분이다. 그 시절 동인들은 지금도 진주에 가면 제일 가까운 사이로 찻집에서 만나서 나중에는 술집에서 회포를 풀곤 한다.

그 시절 가장 중요한 사건은 내가 개천예술제 한글 시조백일장에서 장원을 한 사건이다. 지금은 장원급제가 별것 아니지만 이조 때는 고을 원님도 할 수 있는 사건이었다. 심사는 박재삼, 기리 이명길, 아천 최재호 씨 등이 했고 아천 선생은 경남일보 사장을 하고 있었다. 또 한 분 더 있다. 이화여대 교수로 시조문학 잡지를 이끌고 계시던 이태극 교수다. 내가 당선한 작품을 일 회 추천으로 하고 그후 두 번 더 추천을 받아 67년도에 3회 천료했다. 요즘은 백일장 당선이면 바로 시인 대접해 주는데 그때는 3회 천료를 해야 등단으로 인정하였다.

그날의 시제는 '날개'였는데 그날 내가 장원을 했고 고성 출신 한국시조협회 회장을 지낸 서벌 시인이 차상을 했으며 고등부 장원은 부산대에서 국문과 교수로 은퇴한 임종찬 시인이 차지했다. 그날 나와 서벌은 중국집 이층에서 술판을 벌여 과음을 했는데, 주민증을 내어놓고 자기가 형이라고 지금부터 형이라 부르라 하였다. 서벌 시인은 좀 기인인데 술이 취하면 후배들을 괴롭혀서 서벌 시인만 보면 대체로 달아나기 일쑤였다. 그래도 서벌 시인이 한국시조시인협회 회장을 맡고 나서 해외에 사는 나를 부회장에 임명한 적이 있다. 술에 취하면 한소리를 또 하고 국제전화를 놓지 않고 끝없이 전화를 했다. 내가 전화요금이 많이 들테니 끊어라 해도 끊지 않고 횡설수설하기 일쑤였다. '율' 동인에 참가한 것도 오직 서벌 시인이 그렇게 한 것이다. 참 좋은 시인이지만 그렇게 일찍 작고하고 나니 한동안 허전하기 이를 데 없었다.

월남전에 참전하다

　미국에서 돌아온 후 3월 초에 사천읍공관에서 부대장 김국록 대령의 주례로 결혼식을 가졌다. 고향 친척 친구들 그리고 부대 근무 파일럿 등 많은 사람이 참석하여 성대한 결혼식을 가진 셈이다. 신혼여행은 하루 부곡온천을 다녀왔다. 그런데 결혼식 후 한 달쯤 지났는데 월남전 참전 명령이 났다. 처가 쪽에서는 전쟁터로 갈 사람이 결혼을 먼저 했다고 난리가 났다. 나는 월남전 헬리콥터 파일럿은 그렇게 위험한 곳이 아니라고 설득했다. 사실 한국군 파일럿은 주로 후방지원을 하고 보급품 그리고 지휘관들을 모시거나 높은 산꼭대기 관측소에 보급품을 실어 나르는 일을 주로 하고, 전투 병력을 실전에 데리고 가는 일은 미군들이 주로 맡는다. 우리는 후방에서 일했기 때문에 참전 중 추락하여 사망한 케이스가 그렇게 많지 않았다.
　부산항에서 미군 수송선 가이거호를 타고 출발할 때 성대한 환송연이 열렸다. 인파도 많았고 대학생, 여중고생들도 태극 깃발을 흔들며 월남전 참전 노래를 불렀다. 배는 6일에 걸쳐 월남 나트랑항에 도착했고 중간에 바다에서 태풍을 만났지만 크게 흔들리지는 않았다. 나트랑에 도착한 직후 우리 190기 동기생들이 마중을 나왔다. 공재원은 부관참모부에 행정장교로 일하고 있었고 정재기 대위는 병기참모로 일하고 있었는데 병기 측은 부수입이 좀 생기는지 자기 숙소에는 양주 등 없는 술이 없을 정도였다. 기분이 거나하여 많이 마셨는데 워낙 더운 곳이라 한국과는 많이 달라 이튿날 사령관 신고를 가자고 하는데 일어날 수가 없었다. 나 혼자 사령관 신고도 생략한 채 다음날부터 일정을 시작했다.

나에게도 첫 임무가 주어졌다. 고지에 물과 식료품을 실어주고 오라는 임무였다. 늘 고지 산꼭대기는 어느 곳이나 난기류로 흔들릴 때가 많다. 그래서 착륙 시 특별히 조심해야 한다. 잘못하면 착륙사고를 일으킬 수도 있어서 아주 조심하여 착륙을 시도했다. 그 후 전상병을 실어 나르는 임무가 주어졌고 어떤 날은 지휘관 장군이나 사령관을 모실 경우도 있었고 또 어느 날은 연예인들을 태우고 해안가 공연장으로 갈 때도 있었다. 베트콩들은 어디에 숨었는지 잘 보이지는 않지만 한 집에 한 식구들 중 한 명은 월남군으로 가고 또 다른 형제는 밤중에 베트콩 진지로 출발한다고 들었다. 베트콩을 잡은 포로를 수송해 보면 그들이 갖고 있는 장비, 의복, 음식은 미군에서 나온 미군 C레이션이거나 아니면 한국군에서 나온 것을 볼 수 있으며 한국군복을 그대로 입고 있는 경우도 많이 보았다. 그리고 정신상태도 말이 아니었다. 월남 독립기념일 날 키엠 수상 전속 파일럿하고 같이 식사를 했는데 미군들 때문에 나라가 이 꼴이라고 투덜거렸다. 수상 전용기 파일럿이 이따위 소리를 하니 이 나라는 잘 되기는 힘들지 싶었다.

시내에도 자주 나갔는데 식당, 술집, 클럽, 사우나탕은 어디나 흥청거렸다. 베트콩은 그런 유흥업소를 보호해 주고 세금을 걷었기 때문에 사업하는 분들은 월남 정부와 베트콩 측 두 곳에 세금을 낸다고 들었다. 그래서 시내 유흥업소에서 미군이나 한국군이 죽는 경우는 없다고 보면 된다. 전쟁터 같은 기분은 별로 없고 마냥 흥청거리는 기분이 깔려 있었다.

한번은 이세호 사령관을 모시고 백마 연대를 방문했는데 그 연대장이 바로 전두환 대령이었다. 그런데 따라 나온 본부 중대장이 우리 동기생 황춘목 대위였다. "야~ 이 녀석아, 반갑다." 나는 소리를 질렀다. 전방 보병부대에 근무할 시 이웃 부대에 있었는데 내가 준석류란 시를 자기 처에게 바쳐서 결혼까지 성사되었다고 하는 친구다. 그 후 내가 관광 차 군산을 간 적이 있는데 대환영을 하며 별장을 구경시켜 주고 최고로 잘하는 외식집에서 우리 부부를 환영한 적 있다. 그때는 군산 항만공사 사장을 맡고 있었다.

환자 후송도 자주 했는데 106후송 병원이 나트랑 사령부 곁에 있었고 그곳에서 고려대를 나와서 소대장을 하다가 전투 중 부비트랩이 터져서 손발이 다 날아간 친구를 보았다. 그는 혼자 있을 적에는 어머니, 어머니 흐느껴 운다고 들었다. 그 순간의 참상을 보고 나는 〈전상병의 눈물〉이란 시를 지었다.

〈전상병의 눈물〉

잠결에도 어머니를 찾는
전상병의 눈물에는

그 어머니의 애타는 마음
한데 얼룩져 내리고

감으면
안기는 고향
설운 산천이 고이느니

소리없이 흐느끼는
전상병의 눈물에는

마지막 포복의 순간
화약 냄새 번지고

끓는 피
속으로 맺혀
울먹이게 하느니

혼수의 새 깃을 치는
전상병의 눈물에는

실핏줄 아려드는
낙숫물 듣는 소리

애달픈
땅의 年代의
기찬 歷史가 흐르노니

　　　* 1971년 월남 참전 중 후송 병원에서

그해 시월 말 한국에서 큰아들을 낳았다는 연락을 받았다. 달을 못 채우고 조산했다고 한다. 이래저래 나는 71년 초 귀국을 결심하여 몇 년 더 있으라는 부대장의 권고도 있었지만, 한시라도 빨리 가서 아내와 아들을 만나기로 마음먹었다.

귀농과 귀촌에 대하여

귀농을 하면 잘 살 수 있다고 현혹하는 기사를 더러 보곤 한다. 특히 젊은 청년들이 귀농하는 경우는 멸망을 자원하는 경우로 보면 된다. 귀농에 관한 옛 예이츠의 시를 보자.

〈이니스프리의 호도(湖島)〉

나 일어나 이제 가리, 이니스프리로 가리.
거기 나뭇가지 엮어 진흙 바른 작은 오두막을 짓고,
아홉 이랑 콩밭과 꿀벌통 하나
벌들이 윙윙대는 숲 속에 나 혼자 살으리.

거기서 얼마쯤 평화를 맛보리.
평화는 천천히 내리는 것

아침의 베일로부터 귀뚜라미 우는 곳에 이르기까지.
한밤엔 온통 반짝이는 빛
저녁엔 홍방울새 날개 소리 가득한 곳.

나 일어나 이제 가리, 밤이나 낮이나
호숫가에 철썩이는 낮은 물결 소리 들리나니
한길 위에 서 있을 때나 회색 포도 위에 서 있을 때면
내 마음 깊숙이 그 물결 소리 들리네.
– 윌리엄 버틀러 예이츠(1865~1939)

예이츠가 노래하던 시절과 지금과 별로 다르지는 않으리라 싶다.
그것은 귀농이 아니라 귀촌을 의미한다. 아홉 고랑 콩도 심고 가까운 곳에 벌꿀통을 놓아 꿀벌도 치고 몇 고랑 농작물을 심은 곳에 오두막도 지어서 살겠다는 노래다. 그런 귀촌은 지금도 환영할 만하다. 그러나 귀농하여 농사를 지어서 자식 공부도 시키고 노후 대비 돈도 벌 생각이라면 잘못되어도 한참 잘못되었다고 할 수 있다. 부모가 물려준 농지라도 있으면 모르지만 농사 지어서 농지를 산다는 건 자기 평생에 불가능할 것이다.

지금도 부모들이 소유하고 있던 옛집과 그 집 부근에 농지가 있다면 예이츠처럼 몇 고랑씩 작물을 심고 꽃도 가꾸고 과일나무도 몇 그루 심고 땀 흘려 일한다면 참 보람 있지 싶다. 내가 아는 페북 친구들 중 농사를 짓는 분들은 전부 그런 분들이다. 노후에 소일거리로 농사보다 더 좋은 아이디어가 없을 듯싶다. 운동을 많이 하여 건강에 좋고 자연에 묻혀 사니까 자연의 기를 받아서 머리가 맑아지고 친구들이 찾아오면 국화주를 빚어서 친구랑 술을 마시고 농사 지은 작물로 식사를 대접하고 옛이야기로 밤을 새운다면 얼마나 신나는

일일까. 그래서 옛날 예이츠가 하던 방식대로 귀촌하여 농사를 짓는다면 말만 들어도 신나는 이야기가 아닐 수 없다. 그렇다, 귀촌은 적극 권장하고 싶지만 귀농은 절대 반대다. 특히 젊은이들은 맹목적으로 시골로 내려오거나 어떻게 되겠지, 막연한 사연으로 시골로 가는 것은 죽으러 가는 것과 마찬가지다. 특히 정부 각종 기관의 맹목적 귀농 선전에 절대 현혹되지 말았으면 싶다.

술에 얽힌 이야기

술에 얽힌 고전은 역시 송강 정철의 장진주사가 으뜸이렷다.

〈정철의 장진주사〉

한 잔 먹세그려 또 한 잔 먹세그려 꽃 꺾어 세어놓고 무진무진 먹세 그려

이 몸 죽은 후면 지게 위에 거적 덮어 줄이어 매여 가나 유소보장에 만인이 울며 가나 억새 속새 떡갈나무 백양 숲에 가기만 하면 누런 해〔日〕흰 달〔月〕가는 비〔細雨〕굵은 눈 소소리바람 불 때 누가 한 잔 먹자 할꼬.

하물며 무덤 위에 잔나비 휘파람 불 때 뉘우친들 어쩌리.

– 〈송강가사〉에 수록됨.

내가 술을 배우기 시작한 것은 소아 때부터가 아닌가 싶다. 막걸리

단지에 술이 익을 무렵 머리를 처박고 국자에 떠서 홀짝홀짝 마셨는데 그 술이 나이가 들면서 점점 관록이 붙어서 폭음을 하기에 이르렀다. 그런데 매번 술은 내가 취하는 게 아니라 같이 간 분들이 인사불성에 이르러서 둘러메고 여관방 잡아주고 그 옆에 자거나 늦은 밤 집으로 돌아오기 일쑤였다. 그만큼 간 기능이 좋다고나 할까 취하는 법이 별로 없었다.

일찍이 동양에는 음주를 자랑하는 이태백이나 도연명의 이야기가 전하지만 국내에는 무애 양주동 박사의 '문주반생기'를 들 수가 있다. 술을 폭음하는 걸 무슨 자랑으로 삼고 있다. 수주 변영로, 이은상 시인 등 술 얘기가 전해지는데 그래서 그런지 술은 어깨에 메고 갈 수는 없어도 다 마시고 갈 수 있다는 생각이었다. 진주농대 1학년 재학 시절은 정문 옆에 술도가가 있었다. 그때 찍은 사진에도 술통을 어깨에 메고 찍었다.

전방부대에 근무 시 포천군 이동에 살았는데 그곳은 이동막걸리가 유명하고 개울가에 자리잡은 도평리 불고기 집도 유명하였다. 우리 옆 부대 부관부에 근무하던 손인우 중위, 항공장교 김봉태 중위, 황춘목 중위와 주로 어울렸다. 어느 날 본부중대에 이등병 배태인 시조시인이 왔다. 그 소식을 듣고 그를 도평리 불고깃집으로 불러서 한턱내었는데 그자가 술이 취하여 호길아, 호길아 하길래 이놈의 새끼 이등병 주제에 중위님께 호길이가 뭔가 꾸짖은 적 있었다. 그는 좋은 시조시인이었고 출판업에 성공했다는 소문이 있었으나 일찍 타계하고 말았다. 미국에 날 찾아와서 샌버나디노 카운티 숲속으로 초대하여 송상옥, 전달문 등과 갈비 파티를 한 적도 있다.

또 특기할 만한 사건은 65년 5월 8일 임관식 후 정호규 소위 결혼식에서 폭음 후 기차를 탔는데, 내가 가는 부산행 꼬빼에 옷과 모자 등을 벗어놓고 서울 쪽 꼬빼로 옮겨 탄 것을 용산에 와서 비로소 알게 되었다. 모자 정복도 없이 밖으로 나오는데 보안사 요원이 날

발견하고 사무실로 데려가서 자초지종을 물었다. 임관식 후 폭음해서 그렇게 되었다 하자 그 요원도 그럴 수 있다며 삼랑진에 전화하여 내 모자와 정복을 찾아서 보관시키고 다음 열차 편으로 삼랑진으로 내려가도록 도와주었다. 나는 그곳에서 열차를 갈아타고 진주로 갈 예정이었다.

　무엇보다도 주당들이 많은 '율' 동인 이야기를 좀 해야 하겠다. 63년 10월 3일 개천절은 개천예술제가 열린 날이었다. 첫 시조백일장이 열려서 내가 장원을 하고 시조협회 회장을 역임한 서벌이 차상 그리고 부산대 임종찬 교수가 고등부 장원을 할 때였다. 서벌과 나는 중국집 이층에서 탕수육에 빼갈을 마신 후 인사불성이 되어 여관으로 옮겼는데 주민증을 맞춰 보며 자기가 형이니 지금부터 형이라 부르라 했다. 그는 서울서도 약사공론에 일할 적에 나랑 술을 한없이 마셨다. 술에 취하면 악을 쓰고 싸움을 걸어서 후배들이 그만 보면 달아나곤 했다. 말을 비비꼬면서 이유 없는 시비를 걸기가 일쑤였다. 참 좋은 시인이었는데 술에는 이길 수 없었는지 그도 일찍 세상을 하직한 셈이다. 그가 시조협회 회장이 되자 미국에 사는 나를 한국시조협회 부회장에 임명하기도 하였다. 전화를 걸면 놓은 법이 없었다. 내가 다시 전화를 한다고 해도 막무가내로 전화요금은 걱정 말라며 고래고래 고함을 질렀다. '율' 동인 특집 건으로 박재두 시인에게 전화를 걸었는데 그 순간 박 시인이 쓰러졌고 그 후로 반신불수에 치매기가 와서 오래 고생을 한 적 있다. 가족들은 서벌 시인을 원망했지만 지금은 그렇지 않다고 생각된다. 하루는 내가 박재두 시인 병문안으로 찾아갔는데 그때 부인을 몰라보고 자기 모친만 겨우 알아볼 때였다. 그런데 날 알아보고 가까이 오라, 커피를 끓여오라 하며 우주인 소리를 하는데 부인은 그 말을 알아듣고 자기도 몰라보는 인간이 나를 다 알아본다고 볼멘소리를 한 적이 있다. '율' 동인 주당은 고성의 김춘랑 시인이 제일 먼저라 할 수 있다. 그는 술 실력도 세거니와 음담패설에는 둘째 가라면 서러운 분이다. 하루는 우리가 진주에서 술을 마시는데 마침 기리 이명길 시인이 오셨다. 우리는 대시인으로 존경을 하는데 김춘랑 시인은 기리 시인을 보고 "성님 요번에 시조로 정치학 박사를 받았다고요? 나는 씹학박사요. 뚜껑보지의 운동학적 고찰로 받았답니다." 하자 화가 난 기리 시인이 김춘랑 시인 멱살을 잡았다. 우리가 겨우 뜯어말려서 불상사로 연결되지는 않았다.

'율' 동인 중에는 특기할 분으로 무산 조오현 대사가 있다. 큰스님이 되기 전 삼랑진 어느 절의 주지를 할 때였다. 비가 주룩주룩 오는 날 몇 마장 가지 않아도 도착한다는 절이 아무리 걸어도 나오지를 않았다. 그날 밤 자정이 될 무렵 겨우 도착했는데 그분은 행자를 시켜서 맥주를 한 지게 지고 오게 하였고 나는 그날 밤을 꼬박 새우며 술을 마셨는데 새벽 5시경인가 인기척으로 깨어보니 그분은 백팔배를 하고 있었다. 그 분은 법난이 생겨 미국으로 도망 와서 우리 단칸방에 병풍을 쳐놓고 2주인가 산 적이 있었다. 그후 샌프란시스코 선원으로 옮겨서 세탁소에서 일하며 생활하다 법난에 이겨서 강원도 신흥사로 옮겨갔다. 이듬해 주지스님이 절로 들어오는 다리에서 추락하여 사망하자 주지로 승진하고 그후 백담사 주지를 겸하고 강원도 전체 사찰 총수에 오르게 되었다.

무산 스님은 경영에도 탁월한 분이다. 만해마을을 설립하여 전국의 문인들 문화인들에게 창작실을 이용하도록 하였고 만해 기념사업회를 설립 기리 사업이 계속되게 하였고 만해 유심작품상을 제정하여 나에게도 돌아가시기 이년 전에 그 상을 받도록 하였다. 내 시집 표지 제목이 된 '모든 길이 꽃길이었네'가 수상 작품이었다. 작품보다는 인연이 돈독하여 준 상으로 생각하고 있다. 무산 시인은 나와 우리 부인을 만나면 언제나 1천 달러를 비서를 통해 준 적이 있다.

〈모든 길이 꽃길이었네〉

스쳐온 굽이굽이 사연이야 많겠지만
지나온 모든 길은 아름다운 꽃길이었네
꽃 피고 새 우는 동네 한가운데를 지나왔네

백수 정완영 시인의 추억

  백수 정완영은 시조단의 큰 산맥이신 분이다. 43세에 조선일보 신춘문예에 당선되어 등단했는데 그때로는 늦깎이로 나온 셈이다. 그 당선작이 그분 일생의 대표작으로 국정 교과서에 실린 것만 보아도 어설프게 나온 것이 아니라 다 익어서 문단에 나온 것을 알 수 있다. 내가 처음 백수 시인을 만난 것은 1976년도였고 배병창 시조시인과도 잘 지내고 있었다. 김천의 어느 소학교 뒷골목에 있는 그분의 작은 문방구점이었다. 평생 아무 직업이 없었다고 알려져 있지만 내가 본 경험에 따르면 작은 문방구점을 한 적 있었다.

  조국(祖國)
  백수(白水) 정완영(鄭椀永)

행여나 다칠세라 너를 안고 줄 고르면
떨리는 열 손가락 마디마디 에인 사랑
손닿자 애절히 우는 서러운 내 가얏고여

둥기둥 줄이 울면 초가삼간 달이 뜨고
흐느껴 목메이면 꽃잎도 떨리는데
푸른 물 흐르는 정에 눈물 비친 흰 옷자락

통곡도 다 못하여 하늘은 멍들어도
피맺힌 열두 줄은 굽이굽이 애정인데
청산아 왜 말이 없이 학(鶴)처럼만 여위느냐.

　　그분은 청산 먹뻐꾹이처럼 애절한 노래를 불렀고 사연도 많아서
평생을 징징 우는 소리를 하며 살았다. 내가 제대를 하고 서울로 올
라와서 백수 선생이 주로 나오는 동아일보사 건너편 경호다방으로
나갔는데 그곳에는 일단의 시인, 시조시인 그리고 아동문학가 윤극
영 선생도 그곳을 주로 이용했다. 박경용, 김남환, 한분순, 이근배,
이상범, 윤금초, 유재영 시인 등이 자주 찾아왔고 나는 칼에 다녀 비
교적 여유가 있어서 술집으로 옮길 때는 주로 내가 한턱 쏘기를 자
주 하였다. 관철동 뒷골목 족발집이나 빈대떡집이 우리가 주로 가
는 곳이었다.
　　그러다가 내가 건국대 대학원에 다니게 되어 그 후로는 덕성여대
앞 상가 골목 마산아구찜 집과 낙원상가 쪽도 많이 이용하였다. 10
년 세월이 흐르고 나는 칼 사표를 내고 미국으로 건너오게 되었고 내
가 떠나면서 백수 선생을 미국으로 한 번 모시겠다고 약속을 했다.
그 약속을 잊지 않고 있다가 내가 『시조월드』 잡지를 미국서 발행하

게 되어 백수 선생에게 '시조월드 문학상' 대상을 주기 위해 미국으로 초청하여 미 서부 애리조나 모하비 사막, 데스밸리, 라스베가스, 그랜드캐년 등을 두루 구경시켜 드렸다. 물론 시조월드에 특집을 꾸미고 표지인물로 선정하였다. 그때만 해도 백수 선생이 잘 나가지는 못한 듯싶었다. 그 후 한국을 나가니 한국이 아주 잘 사는 나라로 변했고 백수 선생도 사조그룹의 이일향 시인을 비롯, 부자 사모님들을 모아서 시조 클래스를 하고 있었다. 형편이 좀 풀리는 듯싶었다.

이듬해는 시조월드 문학상을 연변 조선족 이상각 시조시인에게 주고 미국으로 초청하였다. 그 인연으로 다음 해 시조월드 행사를 연변에서 갖기로 했다. 로스앤젤레스 시인들 7~8명과 백수 선생을 초청했고, 행사가 끝난 후 백두산 관광을 떠났다. 그분 일생 처음으로 백두산 관광을 하게 되었고 나랑 천지 연못을 배경으로 사진도 찍었다. 그때는 매년 한국을 나갔는데 나갈 때마다 백수 선생을 찾아뵈었다. 못마땅하게 생각하는 분도 몇 분 있었지만 나는 한번 맺은 인연을 쉽게 끊을 수 없는 부류의 인간이다.

백수 시인은 특별히 어린이 시조 보급에 관심을 기울였다. 『꽃가지를 흔들 듯이』가 그 동시조집이다. 그 시집에는 '엄마목소리'나 '분이네 살구나무' 등이 실려 있다. 동시조 작품 한 편을 싣는다.

꽃가지를 흔들듯이

까치가
깍 깍 울어야
아침 햇살이 몰려들고

꽃가지를
흔들어야
하늘빛이 살아나듯이

엄마가
빨래를 헹궈야
개울물이 환히 열린다.

2008년에는 지역 시인들과 주민들의 호응으로 백수문학관을 짓고 그곳에서 백수 문학제를 열어서 백일장 공모 등 행사를 시작했다. 나를 초청하여 그곳에 간 적이 있는데 사는 아파트를 내게 줄 테니 백수 기념사업회장을 맡아달라는 부탁이었다. 그런데 내가 그럴 형편이 아닌 사람이다. 한마디로 거절하고 돌아오는데 그날은 비가 주룩주룩 내렸다. 행사 도중에 몇 사람이 추어탕을 먹자 하여 동네 잘하는 추어탕집에서 한턱을 내었다. 그 추어탕 대접이 내게는 백수 선생이 베푼 최초이고 최후가 된 대접이었다. 백수 선생은 말년에 행복하게 살다가 돌아가셨다. 그것도 보통 시인보다는 엄청 오래 사셔서 98세에 작고하셨다.

노년에는 제3세계로 눈을 돌려라

한국 노인들의 삶은 비참하다고 한다. 자녀 양육 교육 결혼에 매달려서 돈은 다 쓰고 없으며 노후에는 돌보는 자식들도 별로 없고 아파트 갖고 있는 게 전부인 분들이 많다고 한다. 그 아파트도 근저당에 잡혀 팔아보았자 생활에 보탤 돈도 별로고 정부의 은퇴 노인들에 대한 정책도 선진국하고는 너무 달라서 돈 나올 곳이 별로 없다고 한다. 게다가 몸도 좋지 않다면 누구에게 의지할 것인가 하는 문제가 아주 심각하게 느껴진다.

건강상의 문제로 드러눕기 전에 제3세계를 찾아 나설 용기가 필요하다. 그 제3세계란 한국보다 약간 후진국으로 겨울철에도 추위가 없는 영상 10도 밑으로 내려가지 않는 상하의 고장을 말한다. 예를 들면 필리핀, 라오스, 미얀마, 인도네시아, 말레이시아, 태국, 베트남, 캄보디아 등의 나라를 말한다. 그곳은 기후가 춥지 않아서 난방이 필요 없고 주택도 월세를 많이 주어야 할 필요도 없다. 그렇다면 어느 지역을 선택할 것인가. 내 개인적인 생각으로는 나처럼 아무 도움 없이 혼자서 개척한다면 보람은 있겠지만 실패할 확률이 높고 온갖 시련에 부딪히기 쉽다. 그러나 먼저 간 분들의 소개나 지도를 받는다면 안정적으로 자리를 잡을 수 있다. 그래서 먼저 간 분들의 조언을 듣고 한인들이 살고 있는 곳으로 정하는 것이 좋은 방법이다. 한국인들이 서로 한국말을 하고 오고 가는 정을 쌓을 수 있다. 그게 좋은 방법이다.

그러나 한국 졸부들의 추천은 삼가야 한다. 한국인들이 비싼 집이나 아파트를 선호하지만 그것을 따를 필요는 없다고 본다. 그 한국인 촌 가까운 곳에 비워둔 집이나 현지인의 집 안 마당에 캠핑카 RV 한 대면 된다. 그 캠핑카는 지역마다 다르겠지만 미화로 한 5천 달러면 좋은 것을 살 수 있다. 그것을 주차하는 비용은 아주 싸게 들 것이다. 월 50달러에서 1백 달러 미만을 찾는 게 좋다. 그리고 귀중품은 가지고 오면 안 된다. 도둑이 들어도 별로 가져갈 물건이 없는 게 좋다. 졸부들이 현지인을 무시하거나 돈이 있어 보이면 도둑이 들고 잘못하다가는 그보다 더한 불상사도 생길 수 있다. 그래서 귀중품은 한국의 가족에게 맡기고 현지에서 구한 중고품으로 아무도 탐내지 않는 허름한 물건을 집안에 두는 게 상책이다.

가끔씩 골프나 낚시를 해도 돈이 별로 나가지 않는다. 산책로를 찾아서 매일 1만 보를 걷는다든지 수영을 배워서 정기적으로 나간다든지 하는 것이 건강관리에 도움을 줄 것이다. 내 경우를 생각한다면 울타리 곁에 농사를 지어 보라. 호박 한두 포기, 깻잎 몇 포기, 대파 몇 포기, 쑥갓, 상추, 가지, 부추 등 재배작물은 다양할수록 좋다. 식구나 이웃이 먹은 양은 아주 적은 포기나 아주 적은 면적으로도 상하의 기후라서 수확도 많고 연중 생산이 될 것이다. 취미생활이나 건강관리로 참 좋을 것이다. 닭이나 몇 마리 치면 매일 계란을 식탁에 올릴 수 있고 닭고기도 요리할 수가 있을 것이다.

나라에 따라서 장단점이 있다. 동남아 나라들은 한국에서 항공료가 얼마 들지 않는다. 그것도 싼 표를 사는 방법이 있다. 항공여행사 중에서 싼 비행기표를 찾아서 구해주는 많은 사이트가 있다. Cheap ticket을 구글에서 치면 서로 비교하여 가격을 알려주는 사이트가 많이 있다. 또 비수기를 이용하는 방법도 좋은 아이디어다. 가격이 학생들 방학이나 크리스마스 신년 무렵이면 오르고 비수기면 내린다. 또 주말은 가격이 오르고 주중에는 가격이 내린다. 그 점을 참고하는 것도 좋을 것이다.

그렇다면 어느 나라를 가볼 것인가? 우선 YouTube로 여러 곳을 방문하여 그곳에서 한인들이 살고 있는 뉴스를 접하는 게 좋다. 베트남이라면 다낭이나 나트랑 호치민 시티 근처 한인타운을 쉽게 찾아낼 수 있다.

생활비가 한국의 1/5이 제일 비싼 곳이고 그보다 낮은 곳도 아주 쉽게 찾아낼 수 있을 것이다.

제일 중요한 일은 현지에서 집이나 아파트를 구매할 생각은 아예 말아야 한다. 적어도 몇 년 살아보고 결정해도 늦지 않다. 지금까지 설명한 이야기 중에서 제일 중요한 것은 돈을 넣어서 무엇을 하겠다는 생각을 버리고 한국식 졸부들의 근성이 몸에서 우러나지 않고 현지인들에게도 가난하고 성실한 분이란 인상을 갖도록 해야 할 것이다. 의료기관도 대체로 엄청 싸게 먹힐 것이라서 위독할 시 어느 곳을 갈 것인가도 살펴볼 필요가 있다. 병이 중하면 다시 한국으로 되돌아와서 진료를 받을 것을 권고한다. 동남아 지역 제3세계를 찾아내어 겨울철은 현지에 찾아가서 살고 더운 날씨에는 고국에 돌아와서 사는 철새 생활을 시작해 보는 것이 어떨까, 생각만 하다가 막상 그것을 실현하고 나면 참 행복을 느낄 것이다.

G 금광개발 회사 이야기

우리 동네 가는 남쪽 방향의 산 쪽으로 들어가면 산안토니오란 동네가 나오는데 그 일대는 금 매장량이 엄청 많은 곳이다. 밭을 갈다가 커다란 금괴를 파내게 되어 하루아침에 부자가 된 안토니오란 분이 대표적인 인물이다. 그는 그 돈으로 동네에서 제일 큰 집을 짓고 슈퍼도 사서 운영하는 분이다. 그밖에 골짜기로 물이 흐르는 곳에서 사금을 채집하여 자기 집에서 정련하여 길에 팔러 다니는 분들도 가끔 있다.

금광에서 엄청난 금이 나오면 좋은 줄 아는 분들도 상당수 있다고 보는데 그 금광 제련 과정에서 나오는 불순물이 인체에 치명적이란 사실을 잘 모르고 있다. 금이 함유된 광석을 잘게 부순 후에 수은을 섞으면 금과 수은이 결합한 혼합물이 생기는데 그 혼합물에 열을 가하면 수은은 증발되고 순금만 남게 된다. 그때 수은이 토양과 수로에 들어가서 박테리아에 의한 메틸수은이 되고 물고기나 동물 등 먹이 사슬로 들어가서 결국 인체에 들어오게 된다. 인체에 들어온 수은중독은 기형아 출산 신경계통 질환을 유발한다. 우리에게 '미나마타병'으로 알려진 메타닐수은 중독은 기형아 출산, 뇌와 신경계 마비 현상을 일으켜 팔다리가 떨리고 귀가 잘 안 들리고 말을 제대로 못하는 운동계 마비 현상이다. 금광석 1톤당 청산가리 700g을 물에 희석하여 20분마다 광석에 뿌려 주어 금을 녹여내는 방식인데, 잘 알다시피 청산가리는 시안화칼륨이라 한다. 0.2g만 섭취해도 사망하는 독극물이다.

G 금광 회사는 산안토니오 마을로 가는 산지를 전부 사들이고 막대한 자금을 들여서 제련공장을 짓고 정치인들 마을 유지들에게 돈을 퍼부어 일확천금을 노린 사업을 추진해 오고 있었다. 제련에 필요한 물을 확보하기 위해 물 허가량이 많은 농장을 사들여서 광산 제련소까지 끌고 갈 준비를 마쳤다. 그때 농장 시세도 한꺼번에 뛰어올랐다. 농장 시세는 엔세나다 무에르떼 개발업자가 농작물을 사들여 저수지를 만들 때 한번 뛰고 금광회사가 사들이기 시작할 때 두 번 뛰었다. 그러나 그 회사 개발업자들에게 시련이 닥쳤다.

미국과 캐나다에서 온 환경단체 교수와 학생들이 개발 후유증에 대한 자세한 안내서를 인쇄해서 가두행진을 하고 각 마을마다 반대 소규모 단체를 만들었다. 그들의 슬로건은 '금은 없어도 살지만 물을 못 먹고 살 수는 없다'이다. 이곳 라벤따나 엘사르헨또는 세계에서 사람들이 몰려드는 윈드서핑과 각종 해양스포츠로 세계적으로 유명한 곳인데 이곳에 금광 제련 과정에서 나오는 불순물로 황폐화되는 것은 결국 누가 책임질 것인가 하고 선전을 하기 시작했다.

부정부패를 척결하는 것을 목표로 삼은 새 대통령 안드레스 마누엘 로페스 오브라도르 대통령은 절대 금광회사 채굴을 허용할 수 없다고 선언했다. 그 일을 맡아서 법적인 문제를 해결하던 여변호사 아순시온도 직장을 잃었고 사무실도 폐쇄하고 건물은 지금 팔려고 내어놓은 상태이지만 잘 팔리지 않는 듯싶다. 그 회사가 잃은 돈은 얼마인지 천문학적 숫자라서 짐작이 잘 가지 않는다.

미라보 다리 아래 세느강은 흐르고

〈미라보 다리〉
기욤 아폴리네에르

미라보 다리 아래 센 강이 흐른다
우리 사랑을 나는 다시
되새겨야만 하는가
기쁨은 언제나 슬픔 뒤에 왔었지

밤이 와도 종이 울려도
세월은 가고 나는 남는다

손에 손잡고 얼굴 오래 바라보자
우리들의 팔로 엮은 다리 밑으로

끝없는 시선에 지친 물결이야 흐르건 말건

밤이 와도 종이 울려도
세월은 가고 나는 남는다

사랑은 가 버린다 흐르는 이 물처럼
사랑은 가 버린다
이처럼 삶은 느린 것이며
이처럼 희망은 난폭한 것인가

밤이 와도 종이 울려도
세월은 가고 나는 남는다

나날이 지나가고 주일이 지나가고
지나간 시간도
사랑도 돌아오지 않는다
미라보 다리 아래 센 강이 흐른다

밤이 와도 종이 울려도
세월은 가고 나는 남는다
                    (번역 황현산)

　기욤 아프르네에르의 미라보 다리에 반하여 프랑스 파리를 가보고
싶었고 그 미라보 다리를 한번 가 보았으면 속으로 생각하고 있었는
데 어쩌다가 파리 오를리공항을 갈 일이 생겼다. 아마 대한항공으로
첫 화물기 비행이 아닌가 싶다. 북극 항로를 따라 파리 관제 지역으

로 들어오자 관제사가 영어로 이야기하는데 도무지 무슨 말인지 알아들을 수가 없었다. 그 시절은 기장이 전부 노인들이라 영어도 잘 못했다. 샬르리 샬르지 무슨 주문 소리처럼 들렸다. 그래서 기장은 내게 물었다. "당신은 알아들었는가? 제기랄 모르겠다. 그냥 꼬라박자. 지금 내려가야 할 순간이다. 자 내려간다." 그렇게 우물쭈물하다가 드디어 공항에 착륙했고 직원의 안내로 호텔에 투숙했다. 그런데 나로서는 미라보 다리 구경이 먼저라 싶었다. 그래서 짐을 풀자마자 잠을 자지 않고 혼자서 택시를 불러서 미라보 다리까지 달려갔다. 그런데 그 미라보 다리 아래 세느강은 똥물이 흐르고 준설선이 지나가고 있었다. 그때의 실망감이란 한없이 컸다. 아 그렇구나, 세느강은 시 속에서만 있는 아름다운 강이로구나. 제기랄, 한강이 몇 곱으로 예쁘고 큰 강이다. 우리가 우리 것을 몰라보고 노래에 반하여 허깨비에 홀리듯 한 셈이로구나 하는 착각이 일었다. 생떽쥐페리 어린 왕자, 야간비행, 남방우편비행에 반하여 그의 고향 리옹까지도 가보고 싶었다. 특히 44세 젊은 나이에 세상을 하직했으므로 그의 영혼을 생각해서 꼭 들르고 싶었지만, 처음 가본 프랑스이고 또 비행 임무 중이라 그곳을 찾아갈 형편은 못 되었다.

그 후 화물기 비정기 비행 외에 정기 승객용 항공노선이 운항을 시작했다. 알래스카 앙카리지 공항에서 교대를 하였고 일주일쯤 쉬다가 다음 비행기가 오면 우리는 프랑스로 출발했다. 프랑스에서 일어난 일이 그 후 좀 있다. 크리스마스를 맞아서 음식을 사서 파티를 한다고 시내 로데오거리 근처 은행을 찾아갔는데, 제법 덩치가 크고 영어도 잘하는 프랑스인이 환율을 많이 드릴 터이니 내게 바꾸라 하였다. 옆의 큰 문 뒤에서 돈을 소리 내어 세어서 주고 주길래 그냥 받아 넣었다. 가게에 가서 돈을 지불하는데 아뿔싸, 이게 웬일인가. 밖의 한 장만 프랑이고 안은 곱게 자른 신문지가 들어 있는 게 아닌가. 참 큰일났구나, 창피하여 말할 수도 없고 프랑스 주재 운항

관리사에게 전화를 하여 우리가 파티를 열 예정인데 돈이 좀 부족하다고 사정을 말해, 필요한 비용을 빌려서 무사히 잘 끝내었다. 그래도 두고두고 괘씸하여 그놈을 어떻게 잡을까 궁리를 했다. 덩치 크고 두꺼운 오버코트를 입고 영어를 잘하는 인간은 다시 보면 알 수 있겠다 싶었다. 그래서 한국에 돌아와서 운항과 당번에게 프랑스로 한번 더 보내 달라고 하여 드디어 가게 되었다. 호텔에서 나와 그자를 만난 로데오 거리 반대편(그가 나타날 것을 기대하는 장소)에서 그를 기다렸다. 두 시간쯤 뒤 바로 내 어깨 뒤에서 "친구야, 돈 바꿀 게 있나?" 어깨를 툭 치며 말하는 목소리를 들어 보니 바로 그놈이었다. 그래서 반갑다고 하면서 손목을 꺾고 뒤틀면서 꼼짝 못하게 붙잡았다. 그자는 순순히 응하는가 싶더니 차가 오는 반대편으로 막 달아나기 시작했다. 그래서 손을 더 비틀고 밀고 가는데 마침 정대관 기장이 다가오는 게 아닌가. 정 기장은 덩치가 크고 힘이 센 분이다. 내가 그자에게 이분은 레슬링 선수이고 나는 태권도 선수라서 까불면 죽는 수도 있다고 말했다. 정 기장이 한쪽 손을 잡고 내가 다른 손을 잡고 호텔로 들어섰다. 호텔 손님용 탁자 가운데 놓고, 내 돈을 내놓으라고 했다. 그는 깔깔한 새 돈 프랑을 내게 건네주었다. 얼마를 줄지 다 기억하고 있었다. 그런데 그는 떠나며 나를 포옹했다. "친구야, 이번에는 네가 이겼다. 축하한다." 이 말을 남기고 유유히 떠나갔다. 그자가 떠나고 몇 분 안 되어 경찰과 사람들이 들이닥쳤다. 그래서 카운터 접수원에게 데리고 가서 영어로 설명을 하자 경찰도 어깨를 으쓱하더니 떠나갔다. 내가 이긴 건 사실이지만 아주 여유롭게 포옹까지 하고 떠난 그자를 생각하면 내가 졌지 않았나 하는 생각이 들었다. 그래서 운항승무원 외에 객실승무원 모두를 중국집으로 초청하여 내가 한턱 내었다. 그 돈보다 좀 더 많은 액수가 나왔다.

월남전 용사의 생과 사

　미 육군항공학교로 가게 되어 텍사스주 랙크랜드 미연방 언어학교 과정을 한 달 정도 끝내고 알라바마주 도산시 근처에 있는 미 육군항 공학교를 가기 위해 뉴올리언스에 도착했다. 알라바마주 도산시 근 처 포트라카에 미 육군항공학교가 있었는데 입학식 후 우리를 도와 줄 스폰서를 소개해 주었다. 그 스폰서는 미 육군항공 파일럿 준위의 아내였는데 미세스 오라는 것만 알지 이름도 물어보지 못했다. 김치 도 담가 주고 불고기 갈비도 사주고 우리들을 위해서 최선을 다하였 다. 크리스마스 날 밤에는 푸짐한 식사 준비를 해 와서 맥주를 마시 며 늦게까지 파티를 했는데 화가 난 남편이 아파트 방문을 탕탕 두 들긴 적이 있었다. 여러 명이 함께 있는 걸 보고 안심은 했지만 미안 하다는 말도 안 한 채 돌아간 적이 있다. 그곳에는 국제 결혼한 한국 여자들이 많았다. 슈퍼, 식당 등에서도 일하고 있었다. 또 하나 우리 를 찾아온 미국 가정의 교인이 있었다. 캐시네 가족인데 별로 잘 살지는 못했지만 크리스천의 신앙심으로 정성껏 우리를 번번이 초대하여 푸짐한 식사 대접을 해 주곤 했다.

한국에서 경비행기 세스나 파일럿이었던 나는 헬리콥터를 타는 과정을 교육받았는데 처음 헬리콥터는 OH-13이란 헬기였다. 잠자리처럼 생겼지만 둥그런 조종석 뒤로 길게 사다리 모양의 꼬리를 단 것이고 그 후 바로 전환교육을 받은 것은 OH-23이었는데 조종방법은 똑같았다. 그 과정을 끝내고 최종으로 UH-1D 월남전에서 사용할 젯트레인즈라는 전투용 헬리콥터를 배웠다. 교육은 처음 헬리콥터 고정익 비행기와는 달라서 허공 중에 떠서 가만히 그 자리에 떠 있는 허벌링이 좀 힘든 기술이었다. 그러나 일단 배우고 나면 별것 아닌 것이고 가르치는 교육과정에서 말로 하는 게 아니라 그냥 두고 보는 식으로 실수를 통하여 배우도록 가르쳤다. 한번은 김치와 된장찌개를 먹고 김치 방귀를 그 좁은 카핏 속에서 뀌었는데 화가 난 교관이 창문을 연 후 이륙을 안 하고 되돌아와서 벌점 딱지 핑크슬립을 준 적이 있다. 세 번을 받으면 중도에 교육을 못 받고 퇴교 처리 당하는 절차였다. 다행히 우리 세 사람 중 나는 대위였고 중위 두 사람과 함께 졸업했다. 두 사람 중 곽근춘 중위는 제대하여 전라도에 살고 있다 하고 안 중위는 한국에서 작전 중 기관총을 맞고 사망하고 말았다. 월남전에서 살아 돌아왔지만 한국에서 사망한 케이스다.

나는 고향인 사천의 육군항공학교로 오게 되어 학교장 김국록 대령의 주례로 사천 극장에서 첫사랑 박철자와 결혼식을 올렸다. 나는 학교장 비서실에서 일했는데 두 달인가 3개월 만인가 월남전 파병 특명을 받고 미함선 가이거호를 타고 월남으로 출항했다. 부산항에는 성대한 환송연이 열렸다. 학생들이 많이 동원되어 깃발을 흔들며 월남전 환송 노래를 불렀다. 1주일 만에 베트남 나트랑 항구에 도착하여 월남전 생활이 시작되었다.

월남 나트랑에 도착한 직후 우리 보병학교 동기인 부관참모부 행정장교로 일하던 공재원 대위와 병기사령부에서 일하던 정재기 대위가 마중 나와서 바로 정 대위 숙소로 행했다. 정 대위 방에는 각종 양주가 냉장 박스에 하나 가득 들어 있었다. 병기 부대가 돈이 좀 생기는 듯싶었다. 그날 나는 엄청나게 폭음을 하고 뒷날 아침은 우리 숙소에 돌아온 후 사령관 신고를 하기 위해 일어날 수가 없었다. 월남 기후가 후덥지근한 게 미칠 듯싶고 숨쉬기가 곤란하였다. 한국식으로 폭음하다가는 죽는 수도 있겠구나 하고 깨닫는 순간이었다.

　나는 월남에서 아내에게 열심히 편지를 썼고 내가 귀국 전 그해 시월 말에 장남 브라이언 김, 김기만을 낳았다. 아내는 조산을 한 것이다. 연약한 몸으로 시집살이가 피곤하고 어려웠던 건 아닐까 싶다. 그래도 병들기 시작한 아버지가 며느리에게 참 잘해 주어 행복한 시절이었다고 기억하고 있다.

자선시 10편

자선시 10편

사구아로 선인장(Saguaro Cactus)

투닥, 투닥, 투닥… 온 생애를
야생마처럼 휘젓고 살아온 내가
몇백 년인지 알 수는 없지만 한번 뿌리내린 그 자리에
묵묵히 서서 한 평생 견디며 살아온 너를 생각한다.
팔랑거리는 이파리 대신 가시옷을 두르고
악어보다 더 질긴 갑옷을 걸치고
이글거리는 태양과 맞서 순응인지, 저항인지
오래 죽지 않고 살아온 너를 생각한다.
망막한 세월 외로움이야 없었으랴,
하많은 세월 죽고 싶었던 절망감이야 없었으랴.
후두둑 소낙비 내리면 물 한 모금 적시고
산마루에 걸린 무지개를 즐길 때도 있었느니,
목숨을 부지하는 일은 고난과 고난의 연속이라
어찌하랴, 체념을 뿌리로 딛고
오직 하늘을 우러르는 구도자가 되어
한 뼘 한 뼘 생의 탑을 올렸으리.
후두둑 후두둑 소낙비 지나간 어느 날이면
온 몸에 후두둑 후두둑 불꽃 봉화도 피웠으리.
어느 고행의 철인이 지나간들
네 생의 훈장과 비교할 수 있으랴,
오, 눈부신 생의 자리, 가시관의 성자,
인고의 화신이 된 생불을 보노라,
너 사구아로 선인장아!

둥둥둥 북소리

동녘에 북새가 검붉은 빛으로 올라올 무렵이면 둥둥둥 둥기둥둥 북소리가 들려온다. 빛이 소리가 되고 소리가 빛이 되는 저 태양과 자연이 빚어낸 북소리는 온 산하에 그득하게 깔린다. 그 소리 듣고 새들은 팔팔팔 신나게 날아오르고 벌과 나비도 붕붕붕 꽃을 찾아 헤매노니 그 무렵이면 바닷물 파도도 신이 나서 출렁출렁 춤사위로고. 태양과 대자연과 어디 흥겹지 않는 자 있으랴. 둥둥 둥기둥 둥기 둥기 두둥둥~ 그래서 새도 나비도 우쭐우쭐 나무들도 흥겹게 춤사위로 신이 나서 나서노니 이불을 박차고 나오세요. 하늘과 대자연이 빚어낸 그 춤사위에 당신도 함께 춤을 추어요. 둥둥 둥기둥 둥기 둥기 두둥둥~

태양은 팡파레를 울리며 솟아 오른다

칠흑 어둠을 뚫고 태양이 솟아오른다
구름의 깃털을 목에 두르고
불끈 솟아오른다
아무리 세상이 힘들고 고단해도
신의 손길인 양 누구나 똑같이
골고루 골고루 쓰다듬는다
세상은 절망할 곳이 못 된단다
팡파레 천지간에 질펀하게 흐르는 곳은
오직 희망만이 흐르고 있나니
그래서 꽃과 새와 나비가 먼저
그 팡파레에 화답하고 있나니
어둠의 기억을 지우고 화알짝 가슴을 펴고
대지를 밟고 새로 뛰고 달리고 있나니

마호가니 혼령

말레지아 열대 우림 속
마호가니 나무는 우지끈
외마디 소리로 죽어도
단단한 뼈의 혼령으로 남아
이제 나의 서재로 옮겨와서
저의 뼈마디로 날 받치누나

세월은 그 톱니로 날 넘어뜨리고
우지끈 쓰려져서 삭아도
마호가니 뼈마디 같은
단단한 시나 몇 편 남기라고
온몸을 치뻗고 올라오는
마호가니 혼령

부나방

그의 신은 램프 등불 속에 살고 있다
순간을 타오르는 불꽃 속에 살고 있다
불이 꺼지고 나면 그뿐, 불이 켜질 순간이면
어김없이 그의 신이 살고 있다

부나방으로 태어나야 그를 만날 수 있다
불빛을 보는 순간 환희에 젖어 온몸을 떨었고
전류처럼 기쁨에 충만하여
불속으로 불속으로 마구 날아들었다

유리벽에 머리를 부딪히고 떨어지는 순간
빙빙 어질머리에도 아픈 줄을 몰랐다
기름 연옥에 빠져 날개를 버둥거릴 때에도
신의 은총에 눈물을 흘렸다
지지지 불꽃 속에 제 몸을 사르고
깊은 나락으로 추락할 때에도
다시 없는 행복 속에 지그시 눈을 감았다

선진리로 갈꺼나

선진리로 갈꺼나
선진리로 가서
마른 눈물 좀 녹여나 볼꺼나
개발국 한그릇에 막걸리 한사발
육자배기 한가락 풀어나 볼꺼나
끼룩끼룩 고향 갈매기 울음 벗 삼아
떠돌던 한 세상
내 마른 눈물 좀 녹여나 볼거나.

* 선진리는 경남 사천시 용현면 선진리에 있고 충무공이 왜군을 격파한 곳으로 동상이 있고 또 벚꽃동산으로 유명하다.

소총수

내 여기 엎드려 있나니, 사랑하는 여인, 형제, 어버이도 내 조국만은 못하리.

이제는 모든 걸 잊고 까마득 추억마저 잊고 오직 이 산맥 줄기를 부여잡고 엎드려 응시하나니 사랑하는 형제여, 전우여, 조국 앞에 바치는 한 줄의 연가는 움켜쥔 소총 끝에 피어나는가.

나는 모든 형용사를 잃었지만 주어로 기고 있다. 낮은 포복, 높은 포복 철조망과 총소리가 어울려 소낙비 내리는 곳 외길로 나아가는 나의 집념 엎드려 기다가 아아 승리의 함성의 깃발을 향하여 달리다가 황토의 옷을 입었다 뿌우연 흙과 땀 범벅의 옷을…

영원을 바라 순간을 바치고 북받치는 기쁨이어, 눈물은 대지 위에 한 알의 밀알, 빛보라 넘치는 그날에는 나의 눈물은 진실로 파아란 속잎이 돋고 환희의 빛줄기 사이로 해맑은 하늘은 트여 오리니, 온갖 것 그날 앞에 모두 바치고 매복한 호 속의 하늘 가운데 찬란한 성좌의 꿈이 오른다.

그날 우리 전우의 피 배인 땅에 다시 돌아와 먼 북녘 바라 외치는 소리 원수여, 가슴 속 멍든 상처를 못 잊는 순간마다 경련을 일으키는 눈망울 그 속에 복수의 날이 선다, 시퍼런 복수의 칼날.

조국의 봄소식은 어디쯤 오는 것일까, 오는 것일까 먼 하늘 아른아른 아지랑이, 대지에 맑은 기운이 돌고 움트는 밝은 소리 누리에 피어날 한 송이 꽃을 그리며 엎드리고 기다가 달려간다, 소총병의 하루, 아아 뿌듯하고 보람찬 나날이어.

* 이 작품은 1970년 국방부 반공문예작품 시부문 당선작. 1969년도에는 '소총을 소재로 한 사중주'로 두 번째 당선작이다. 심사위원은 박목월 시인.

그네

할아버지가 손주 손녀 탄 그네를 밀어주고 있고
할머니는 곁에서 깔깔깔 손뼉을 쳐주고 있었다
오늘은 무심코 지나던 그 자리
할아버지 할머니 손주 손녀 다 보이지 않고
바람이 그네를 밀어 주고 있고
구름이 깔깔깔 그네를 당겨주고 있다

옹이

산책길에 유난히 옹이가 많은 나무가 있다
입도 없고 손도 없고 주먹도 없는 놈이
성질 하나는 아주 못되어
얼마나 많은 헛주먹을 하늘로 쥐어박았는지
고스란히 옹이로 둥그렇게 온몸에 치솟아 있다

그놈이 꼭 날 닮은 것 같아서
지날 적마다 매번
따뜻한 손길로 어루만져 주고 있다
마음속으로만 생각하지 말고
사랑의 손길로 어루만져 주어야겠다.

한치 앞을 못 본다

나 같은 무지렁이가 한치 앞을 못 보는 건 괜찮다
한치 앞을 잘 보는 일은 그리 쉬운 일은 아니다
넘어지고 벼랑에 굴러 떨어지지 않으면 천만다행이지

모세가 이스라엘 민족을 이끌고 홍해를 건너듯
다수를 이끌고 가면서 한치 앞을 못 볼 수가 있는가,
그런 가이드가 있다면 참 보통 일이 아니지
다 죽이고 죽는 수밖에 달리 방법이 없을 것 아닌가
한치 앞을 못 보는 장님 같은 인간이
가나안 땅을 안내한다고 큰 소리를 치면 큰일이 아닐 수 없다
어쩌면 좋아!
지금 우리를 이끄는 자가 바로 그런 인간이라면
어쩌면 좋아!

자선시조 60편

자선시조 60편

북소리

둥둥둥 은은한 북소리를 들어 보아라.
승리의 새날을 여는 북소리를 들어 보아라.
둥둥둥 하늘 땅 그득히 메운 북소리를 들어 보아라.

검은 혼령이 지배하는 어둠의 날은 물러나고
오직 빛의 천사가 지배하는 새날이 도래하도다.
둥둥둥 그 장단에 맞춰 어깨춤을 추어 보아라.

둥둥둥 두둥 두둥 그날이 눈앞에 왔네.
우리 모두 일어나 다 함께 춤을 추세.
꿈에도 그리는 그날 온 누리에 펼쳐졌네.

풀벌레 소리의 바다

검은 밤 눈 감고 누웠으면
풀벌레 소리의 바다
그 바다 위 나는 한 척
쪽배인 양 부침하는데
낫 모양 가늘한 달이
나를 비추고 있네.

실로 무수한 세월
사랑은 무엇 또 증오는 무엇
실체 없는 허깨비 같은
가눈 것은 또 무엇인가.
허망한 세월을 깨우네,
씽씽 바람이 불고 있네.

딱따구리

내 영혼의 수풀 속에 딱따구리 한 마리 산다
피로와 나태가 감겨 혼곤해진 순간이면
딱, 딱, 딱, 부리로 쪼아 번쩍 불침을 놓는다

歡喜

눈이 소복히 쌓인 자작나무 숲에는
한 이십 년쯤 젊은 날의 햇빛 비치고
포로록– 멧새가 깬 고요 수정같이 시린 아침

도장 찍듯 눈밭 길에 발자국을 남기네만
한 백년 뒤 누가 와서 고운 발을 맞추어라
숲 사이 바람도 취한 그 숲 사일 헤치며

그리움

너 가고 빈 가슴의 아득한 산마루에
달 하나 외로움의 달 하나 솟아올라
그 달빛 넘치는 골에 왁자한 귀뚜리 소리

빛의 주둥이

간밤에 천둥이 울었다
첨탑 끝에 빛의 주둥이
잎새마다 내려앉은
빛의 눈망울
서천(西天) 끝 물러난 천둥허리
분홍 꽃가루 날은다

보리밭을 지나는 바람

보리밭 고랑에는

무슨 바람 지나가나.

종달새 울음 같은

초록바람 지나가지.

풀피리 필릴리 소리

음악 되어 지나가지.

보리밭 고랑에는

무슨 바람 지나가나.

열여섯 순정 같은

푸른 바람 지나가지.

깔깔깔 웃음소리가

음악 되어 지나가지.

보리밭 고랑에는

무슨 바람 지나가나.

꿈 익는 마을의

황금바람 지나가지.

감사의 넘치는 기도

음악 되어 지나가지.

사막벌의 백로가족

고향산천 다 남겨두고
떠나온 우리 곁에
백로 가족 사막농장에
따라와서 살고 있다
뭘 먹고 사는지 몰라도
아직 안 죽고 살고 있다.

타향도 고향 같아
늘 웃음 잃지 않고
살고 있는 우리 곁에
가끔씩 비상도 즐기는
사막벌의 백로 가족.

그것 참 희한하다
물고기 여울도 없는
황량한 사막벌에
우아하게 빛나는 나래
노을은 사랑의 손길
신은 그 가족을 감싸노니.

할머니의 침

벌레에 물렸을 때
호호 침을 발라주고
무릎이 까졌을 때도
호호 침을 발라주는
할머니 침은 약이래
금세 낫게 되는 약

고추잠자리

뉘엿뉘엿 가을 볕을
날개에 싣고 와서
콩타작 보리타작
그 위로 맴을 돈다
아버지 도리깨질에
흥이 나서 맴돈다

백조의 춤

꽃이었다가 학이었다가
명멸하는 폭죽이었다가

이제는 멀리멀리 사라진
그 백조의 나래짓

아련한 슬픔으로 남은
불꽃이여 춤사위여.

日沒
  – 박남수 시인 영전에

검은 바다 핏빛 하늘
한데 맞물려 타고 있는
수평선 저쪽 갈매기 한 마리
어디론가 사라진다
온 세상 다 태울 통곡
남겨두고 지는 해여

한 평생 사람처럼 살기
죽음보다 힘든 세월
오직 올곧은 지조
별빛인 양 품속에 지녀
험난한 가시구렁을
절뚝이며 갔나 보다

좀스런 世波타기
전혀 生來에 맞지 않고
늘 절대 고독을
안으로 안으로만 키워왔다
우리의 영혼 속 깊이
종소리로 남은 당신

당신께서 넓혀온

그 孤寂의 해안에 서면
어디선가 실려오는
싱그러운 파도소리
파도가 뭍을 만나듯
늘 당신을 뵙고 싶다.

사막시편

- 유배

다산(茶山)이 그러하듯
난 분명 유배를 왔는데
꽃은 왜 저리 붉고
잎은 왜 저리 푸르나
그 예쁜 박새가 추녀 밑에
둥지 틀고 사는 천국.

운명이 운명 밖으로
유배를 보낸 건 틀림없네.
삼십 년 열사의 땅에
내가 무얼 갈고 있나
처절한 절망이 다하면
화알짝 피어난 소금 꽃.

씨앗의 노래

씨앗 한 알 속에는 우주(宇宙)가 깃들어 있다
창세(創世)의 숨은 비의(比擬)를 알알이 품고 있다
발아의 순간을 위해 기다림을 헤아리며.

씨앗 그 한 알이 처음 열리는 순간에는
실뿌리 뚫고 나와 대지에 젖줄을 대고
둥기둥 고요한 풍악(風樂) 한 하늘이 열리고 있네.

늑대처럼 운 적이 있다

자본주의 밑바닥 찍고
허방에 처박혔을 때
사막 바위틈 찾아
늑대처럼 운 적이 있다.
늑대는 날 위해 울고
난 그 늑대 동무가 되어 울고.

자본주의 맨 끝자락에서
헤어날 길 없을 적에
땅끝 마을 파도를 만나
성난 파도처럼 운 적이 있다.
파도는 그때나 지금이나
우르르~ 우르르~ 울부짖고.

어떤 시간

널 기다리는 시간은 만리가 지척이 되는 시간
널 그리워하는 시간은 동과 서가 손잡는 시간
내 속에 찬란한 빛살 무지개로 펼친 시간

산비둘기

꾹꾸꾸 꾸룩꾸룩 꾸룩꾸룩 꾹꾸꾸
긴모리 자진모리 음률을 읊고 있네.
꾸루룩 꾸루룩 꾸꾸 내 간장을 다 녹이네.

불꽃놀이

한라 섬기슭 붙은 불이
북으로 마냥 번져간다

개나리 진달래 철쭉 앞산 뒷산 붙은 불길 하양 노랑 진분홍으로 울긋
불긋 번진 불길 소백 태백 백두대간 먼 북녘 두만강변 소고 치고 장구
치고 날라리 깽깽이 두들기고 어기영차 어기차 영차 밀고 끌고 끌고 밀
어 저 신령한 손길마다 점화하는 불꽃놀이

그 기운 번지는 산하
하나 두루 꽃동산 되리

백두산 천지물은

백두산 천지물은
신이 부려놓은 정화수

해맑은 영성의 정기
운무 되어 솟구치고

하늘도 그 원이 깊어
푸른 심연에 내렸다

호심에 피어나는 물안개는
하얀 서원의 향기

부디 배달 겨레여
무릎 꿇고 참회하라

상기도 사무친 한을
바람결에 띄운다

사구아로 선인장

백 년쯤인지 몇백 년인지
기구하는 성자인데
하늘은 무심하게
마냥 열풍을 몰아오고
화안한 꽃송이 활짝
화답을 하고 있네

잎 대신 가시로만
온몸을 두른 것은
무심한 하느님께
대처하는 저항의 몸짓
자존의 드높은 기치
바람결에 날리네

* 사구아로 키다리선인장: 우뚝 키가 높은 키다리선인장은 Saguaro Cactus라 한다. 물 없는 사막에서 그렇게 키를 높게 키우려면 아마 몇백 년은 걸렸을지 싶다.

영상

소나무 맨 꼭지 끝에
박새 한마리 해바라기를 한다

부리를 죽지에 묻고
세상 시름 다 잊었다

창가에 해바라기하는 나
스르르 눈이 감긴다

차가운 산

달빛은 은령을 쓸고
나는 은령을 마주한다
너는 만년 침묵을
안으로 새기며 앉았고
차가운 그 정적 위로
나는 더운 시선을 던진다

흔들 의자

지구 둥근 별 위에 흔들의자 흔들린다
건너 산 머언 풍경 함께 따라 흔들린다
낮달도 하늘도 따라 흔들림을 키운다

사무친 한 세월은 저만치 밀쳐두고
오직 흔들림으로 피어나는 금빛 새로
꿈꾸듯 무지개 빛살 하늘 기슭 내린다

사막시편
- 엽서

꽃잎 지듯 무지개 사위듯
훌쩍 가버린 인생의 봄날

풀빛 엽서 한 장
바람결에 띄우노니

산수유 눈망울 같은
그대 안부 그립다.

물

물의 세포 알알
터트리고 싶은 힘이
박차고 하늘을 오르는
용솟음의 절정
물기둥
부서지는 결에
무지개를 흩뿌린다.

오직 한번쯤은
물이 되어 부서지고 싶다
간절한 발돋움이랑
애태운 생각을 모두어
한번쯤
하늘을 울리는
물이 되어 내리고 싶다.

윈드서핑wind Surfing

파도를 가르며 물보라를 일으키며
바람이 강하게 불면 붕~ 허공을 치솟는다.
이윽고 처박히고 말았다, 치솟는 기쁨만큼 추락하는가.

그래도 다시 일어나야지 일어나서 달려야지
한 인생의 축소판 반복하고 반복하노니
처박혀 일어나는 용기 그걸 다만 펼치노니.

거울을 보며

무심히 바라보니
내 몰골 말이 아니네

검버섯 거뭇거뭇
주근깨가 스멀스멀

한 팔십 실린 세월이
덕지덕지 솟아 오르네

죽은 고목에도
새 순이 돋아나듯

영혼은 늘푸른 청청
푸른 잎을 피우는데

아직도 철부지 소년
휘파람 불며 가네

섬

세상사 파도가 아무리 휘몰아쳐도
외롭고 절망해야 할 아무런 틈이 없네
뿌리로 연결된 모토 지구 가족이라네

조슈아트리

그도 아무래도 귀양을 왔나보다
하필 열사의 땅으로 왔나보다
그래도 보내주신 하느님 은혜 잊을 수야 없다네

그 삶이 아무리 팍팍하고 고되다 해도
살아 있는 것만으로도 고마운 일이고 말고
화알짝 꽃 타래 피워 신께 감사드린다

먼 우화寓話

손톱 발톱은
늙어 본 적 없다
쉬어 본 적 없다

살아 있는 한
밀고 밀고 나가야만 한다고

쉼 없이 솟아나오는
내 몸 속의
젊은 혼령

전선의 밤
- 농장지대

고물 세보레 원두막 한대
금빛벌을 지키는데
우루루 찬바람이
뺨을 스쳐 지나가고
잘한다, 잘한다 하며
별무리가 깜박인다.

이게 무슨 꼴이람
별별 생각 들다가도
노후에 일자리는
보장 받은 거라요.
그런가, 그런가 싶다가
또 그게 아닌데 싶다가.

깊은 밤 도둑 지킨다고
잠못 자고 새우는 밤
다시 전사가 되어
빛과 소리를 찾노니
사는 게 전투 아닌가,
그걸 실감하는 밤이여.

대고향곡

성시를 이루던 바닷가
고요가 찾아왔네.
아직 남은 음악의
볼륨을 낮추세요.
하늘과 바다의 합주
대고향곡 듣고 싶어요.

하느님 보시기에

수캐가 등 위에 올라
열심히 펌프질을 하고
암캐는 무거운 그 무게
얌전히 견디고 있다.
하느님
당신 보시기에
모두 다 예쁘지요?

덩굴손

눈 없는 덩굴손 너는
잘도 휘돌며 붙잡는다.
가까이 붙들 곳을
훤히 꿰뚫고 있다.
멀쩡한 두 눈 뜨고도
널 붙들지 못한 나.

로댕의 손

몇천 번 몇만 번을 그리고 또 그렸네
드디어 무심에 닿는 마지막 손이 되어
우주를 만지는 그 손 영원 속에 남았네

돛배마냥 가고 있다

바람은 어디로 와서 어디론가 가고 있고
구름도 지향없이 돛배마냥 가고 있다
별무리 운행을 닮은 그도 어디로 가고 있다

그런 시

손바닥 안에 넣고
염주처럼 굴리고 싶은

가슴속 몰래 감추고
보배처럼 쓰다듬고 싶은

그런 시
그런 시 찾아
불면의 밤을 새운다.

내 영혼의 나침판

내 영혼의 나침판은
늘 고향을 가리키네
분하고 아름답고
처절하고 가슴 아픈
그 바늘 가리키는 곳
그곳이 고향이라네

읍내 산성 옛길을 걸으며

사람은 바람처럼 왔다가는 지나가고
옛 길에는 천년 고목이 아름드리 서 있네
옛 사람 추억을 되새기며 그 길을 걸었네.

사는 게 무언지 나도 바람이 되는 걸까
휘파람 날리면서 혼자 걷는 길에는
우수수 낙엽이 날려 한 생각을 깊게 하네.

할아버지 할머니 아버지 그리고 어머니
그리고 일가친척 어디론가 다 떠나고
성(城) 하나 횃불이 되어 내 가슴에 남아있네.

* 읍내 산성은 사천시 사천읍 중앙에 위치한 산성으로 옛날에 동서남북 문이 있어서 그
읍성에서 사람이 살았다. 포구나무 등 천년 세월 고목들이 우뚝 서 있고 수양루라는 누각
이 중앙에 있다. 수양루에는 옛 시객들의 시문이 즐비하다.

구름에 관한 명상

저 하늘 흐르는 구름
있는 거냐 없는 거냐
없는 듯 있는 존재가
너 밖에 또 있는가
이 세상 형상(形狀)은 모두
바람이요 구름이라네

인생이 무엇이냐
풀잎에 이슬일레
있는 것 다 사라지네
구름처럼 사라지네
뜬 구름 무상(無常)이라고
일러주고 있다네

울어라 울어라 새여

무한 창공 그 하늘 위
점이 되어 폴폴 날아라
구름 위에 또 구름 산
열두 폭 병풍 속을
금가루 은가루 흩뿌리듯
노래소리 흩뿌려라

길

모래이랑 덤불 숲속
홀로 길을 내며 다녔는데
나중에 가는 길은
신작로 위를 가고 싶네
그 길은 지옥 가는 쪽
많은 사람 가는 길로

태종대 갈매기

숙아, 네 이름 부르면
내 가슴에 비가 내린다.
태종대 갈매기가 된 너
눈물같은 비가 내린다.
빗속에
멀리 멀리 날아가는 너
내 가슴에 눈물이 내린다.

가로등 너 때문이야

한때는 가로등 너 때문이야
핑계거릴 찾았는데
세상 밖 떠나온 후엔
손가락 갈 곳 없네
제 못나 제가 바보네
저를 가리키고 있네.

숲 이미지

그대 몹시 그리운 날 내 이렇게 숲으로 피어
마냥 싱싱하고 슬기로운 이야기를
끝없이 바람결에다 흔들고 선 숲으로 피어

낮과 밤이 지나는 황홀한 오솔길을
그대에게 열어주는 설레이는 가지 끝에
결 고운 신비의 빛살 잎새마다 반짝이는…

꿈속 깊은 데서도 차마 못 사린 말씀
이슬 머금어 돋는 무지갯빛 목청으로
그대의 생각 골짜기 푸른 숲으로 서고 싶네

구름밭 일기

　백목련 꽃잎 열 듯 내 어릴 적 꽃시절은 풀피리 싱그러운 가락도 은은하고 다시는 사윌 수 없는 놀구름이 타더란다

　그 하나 잡힐 것 같아 날아 오른 잎시절은 갈수록 멀어만 가는 내 하늘 아득하고 속아 또 천리 밖 어디 마음 띄워도 보는가

　언제면 다시 그날 갓을 접은 자리, 어둔 먹구름 지운 빛줄기 오르고 끝내는 보람을 피운 꽃내음 번진다

해발 3만 9천 피트

해발 3만 9천 피트 한발 먼저 질러와서
한사코 달려들다 부서지고 뒹구는 바람
남위도 성난 바람은 천둥허리를 타고 온다

태평양 파도 이랑에 그림자 벗어두고
야생마 길못들인 기류를 헤쳐나면
햇볕과 바람만 그득한 하늘 속의 하늘 나라

고층운 상상봉에 눈도 맘도 헹구어낸
순백의 부신 평원 한나절을 널어 놓고
구만리 장천을 쪼아 봉황으로 날은다

한 생애 험난한 항로 멀고 먼 각고의 길을
나와 동승한 그대 운명을 같이 지고
만리도 시름에 젖는 어둔 밤의 여로여

모든 길이 꽃길이었네

스쳐온 구비구비 사연이야 많았지만
지나온 모든 길은 아름다운 꽃길이었네
꽃 피고 새 우는 동네 한가운데를 지나왔네

나무의 기도

나무는 하느님 계신
먼 하늘을 알고 있다
말 대신 잎을 피워
기도의 손짓을 하고
꽃 피워 하느님 전에
헌화를 올려 드린다

나무는 하느님 계신
먼 푸름을 알고 있다
기도의 메시지로
온 이파리 태운 뒤에
훌, 훌, 훌, 하느님 전에
빈 몸뚱이 보여 드린다

나무는 하느님 계신
그 하늘을 믿고 있다
눈보라 설한풍 속에
기도 소리 날려 보내고
나이테 한 금 서약을
제 몸속에 새겨 드린다

고향집 우물

빌딩 사이 낡은 문을 밀고 들어선 고향집
꽃밭도 장독대도 그 옆에 선 감나무도
옛집은 간 곳이 없고 돌담벽만 남았네

온 동네 마을 사람들 웃음꽃 피던 우물
그 옆에 키다리 접시꽃 분홍 미소 날리던 자리
시멘트 철근 덮개에 틀어 막혀 죽은 우물

이곳이 우물터요 늙은 할미 쓸쓸한 웃음
외양간 암소 울음 아직 귀청을 울리는데
막막한 세월을 딛고 한참 허허롭게 서 있었네

戰傷兵의 눈물

잠결에도 어머니를 찾는
전상병의 눈물에는

그 어머니의 애타는 마음
한데 얼룩져 내리고

감으면
안기는 고향
설운 산천이 고이느니

소리없이 흐느끼는
전상병의 눈물에는

마지막 포복의 순간
화약 냄새 번지고

끓는 피
속으로 맺혀
울먹이게 하느니

혼수의 새 깃을 치는

전상병의 눈물에는

실핏줄 아려드는
낙숫물 듣는 소리

애달픈
땅의 年代의
기찬 歷史가 흐르노니

壕 속에서

시방 내 마음 속에 터져나는 아픔이 있다 천둥과 빗줄기로 떨어져 간
꽃의 피가 한 십년, 세월은 가도 여린 가슴에 꽉 엉겼다

호 속에서 뒤척여도
하늘은 낮아 희부옇고
더욱 까마귀 소리만
뼛속에 닿는구나
이 강산 어둠을 사를
태양도 식은 고지

깨금 한 알 물고
깨물어 뱉어 내어도
목에 걸려 신열나는
울분을 어이할까
칠흑의
어둠을 향해
조준하는 埋伏兵

여기 내 마음 속에 벙그는 꽃망울이 있다 죽어 영원히 사는 보람에 던
진 목숨, 몇 千里 향기 그윽한 한송이 꽃이 피고 있다

風景抄

翡翠 하늘 떼구름밭 평화로운 태양의 나라
더러는 집채같은 솜구름 몰려 산다
영원한 안식이 고장이사 하늘 밖에나 있는가

貳

끝없이 펼쳐져 간 구름 또 구름 바다
저무는 大海 위에 화알 활 타는 노을
불바다 불기둥을 잡고 내 맘 한껏 설레인다

參

어둠 깊숙이 별이 뜨고 속눈썹 달이 뜬 다음
어둠 사루는 별 중에 가장 밝은 별로 뜬다
太平洋 곤히 재우는 저 정다운 자장가

四

그 뉘라 그릴 건가, 한 폭 그림으론 못 담을
雲平線 가이 없는 彼岸 건너 타는 아침
진주홍 햇덩이를 안고 머언 山이 오른다

單獨飛行

– 安章圭氏에게

그대 아는가, 작은 가슴
넘쳐나는 이 기쁨을…

뜻 하나 마음 하나
더운 피가 흐른 나날

하도 한 선회를 돌아
비로소 얻은 나래

볕든 榮光의 뒤안
얼룩진 눈물 그늘

쓰린 里程을 딛고
하늘빛 환한 미소

내 안의 열린 하늘엔
꽃보라도 날려라

맨 처음 빛이 내려
열어놓은 영원 아침

비취빛 조국 하늘을

지키는 海東 보라매

한 念願 꽃노을 속을
산빛 물빛 끌고 간다

泗川韻律圖

智異山 눈 덮인 遠景 병풍으로 둘러 놓고
뭍과 바다 사이로 지레 봄이 질러온 古城
못 사뢸 은혜의 마음 꽃이 피는 고향땅

古邑川 물빛 고운 은어며 보리피리
川獵 한 때 여름 바람 매미도 자지러진데
소나기 몰아간 하늘 羊떼같은 구름덩이

단풍 타는 山城 蟋蟀 울음 영글 무렵
밭 이랑 들 이랑 넘실대는 금빛 나울
온 고장 풍년가 소리 높아만 간 가을 하늘

윤나는 질그릇같이 가난이 몸에 배여도
북새 등진 草家마루 볕살은 그득하고
네 있어 다사론 고을 아지랑이 오른다

바다 두고 배도 두고 깎아지른 벼랑도 두고
춘삼월 벚꽃자리 風樂하는 내 고장 사람
갈매기 놀빛 지르고 멀어만 간 水平線

못(池) 하날, 하늘 아래 못 하날 만든 先人
기러기 소리만 나면 풍년가를 헤아리나

상기도 당신의 사랑 취옥빛의 斗良池

철마다 꽃들이 다투어 지고 피는 小國에는
등나무 푸른 그늘 드리운 太平聖代
가난도 가꾸어 가는 園丁으로 사는가

해풍에 갈꽃 흩이는 새가 사는 마을에서
나도 날개를 얻고 저리 높은 하늘을 얻어
헌 세월 지나간 누리 깃치는 大鵬일레

비비새 단상

비비새
뒤 숲에서 울면
지붕 위의 박꽃 활짝 웃고.

새야새야 파랑새야

녹두밭
놀던 그 새야
지구 끝까지 날아라.

하늘나라 세월호

그 시절
내가 탄 비행기는 모두
날으는 '세월호'였다.

월식

내 생애 처음으로 이지러진 달을 보네
월식이 끝나가도 붉은 상처는 그대로네
다 먹혀 없어져 가도 오뚝한 상처를 보라네

항아사 너 별에게

어느 별에서 지구별로
유배를 온 몸인데
그 땅에서 사막 만 리
다시 유배를 당했다네
너 별만 항아사 너 별만
하염없이 바라보네

사는 날 그리움의 거리
수수억 광년이네
은하와 은하 사이를
드명 날명 물살 짓는
항아사 너 여울 어디쯤
나도 부침하는 작은 별

항일성 해바라기
– 김호길 시인의 삶과 꿈과 시

박진임(평택대 교수, 문학평론가)

1. 귀향하는 배 한 척

김호길 시인의 자서전이 드디어 완성되었다. 한국 현대사의 중요한 한 페이지가 비로소 유실되지 않고 남게 되었다. 그동안 김호길 시인은 시조 혹은 자유시의 형식으로 삶의 과정에서 성찰하고 느낀 바들을 재현해 왔지만 그 삶의 이야기를 산문으로 기록한 것은 이번이 처음이다. 그 자체가 한 편의 시이면서 이야기라고 할 수 있을 만큼 김호길 시인의 삶은 소중한 경험들로 채워져 있다. 한국인이면서 동시에 미국 시민이라는 이중적 주체성을 지니고 한인 디아스포라 경험의 초기 대열을 이끌었던 이가 김호길 시인이다. 이제 자서전의 형식으로 그 삶을 회고하는 글들을 남김으로써 김호길 시인은 자신의 삶이 곧 한 편의 장편 서사시였음을 보여준다. 무모할 정도로 대담한 기상, 불굴의 정신력, 개척자의 도전 정신, 그리고 또 섬세하고 예민한 관찰력과 표현력을 다 갖춘 삶을 발견하는 것은 쉽지 않은 일이다. 김호길 시인은 그런 점에서 예외적이다. 그는 진정한 미국 프론티어 정신의 소유자이면서 동시에 한반도를 벗어나 세계를 향해 꿈을 펼치려는 한국인들에게도 삶의 모범이 되어줄 만한 존재이다. 문장으로 완결된 한 권의 삶! 자서전을 출판함으로써 김호길 시인은 이제 비로소 떠나온 고향 마을로 돌아갈 준비가 갖추어졌다는 것을 세상에 알리고 있다.

김호길 시인의 삶과 문학은 그 자체로 한국 현대사의 가장 소중한 요소들을 포함하고 있기 때문에 그가 회고하는 인생은 단지 한 개인의 이야기에 한정되지 않는다. 앞서 언급했듯이 그의 개인적 삶은 곧 그의 시대를 보여주는 거울의 역할을 하기도 하고 그가 속했던 공동체의 삶을 대표하기도 한다. 김호길 시인은 보릿고개가 존재하던 가난한 시절, 1963년에 개천예술제에 참가하여 시조부 장원을 하면서 문학의 길에 접어 들어섰고 1965년 경남 시인들을 중심으로 이루어진 '율' 동인의 일원으로 활동하면서 한국 현대 시조사의 한 획을 긋는 일에 동참하였다. 전쟁의 폐허, 그 가난 속의 한반도에서 맞이한 봄날의 아지랑이, 뒷산에 만개한 진달래, 꽃 피는 날 기다려 함께 우는 뻐꾸기... 김호길 시인은 그러한 60년대의 한국 정서를 고스란히 담아내는 가편들을 빚으며 창작의 길에 들어섰다. 1966년에는 육군 항공학교를 졸업하고 육군 조종사로서의 경력을 쌓기 시작했다. 시인으로 등단한 것은 1967년의 일이다. 「하늘 환상곡」으로 『시조문학』 추천을 완료하였다. 그러나 서정 시인으로만 남기에는 그의 기상이 너무나 웅장한 것이었음에 틀림 없다. 김호길 시인은 베트남 전쟁에 참전하여 전투기를 몰면서 베트남 상공을 날았다. 그 결과, 그는 현재 한국 정부가 인정한 국가 유공자이기도 하다.

김호길 시인은 1973년부터는 대한항공 국제선 조종사로 근무하기 시작했다. 한 편으로는 곱고 고운 언어를 다루는 시인으로서, 다른 한 편으로는 광활한 하늘을 나는 비행기 조종사로서 김호길 시인은 일견 조화를 이루기 어려울 듯한 두 겹의 삶을 함께 영위해 나갔다. 그러나 그의 범상한 기상은 그로 하여금 더욱 새로운 개척자의 삶을 시도하게 한다. 즉, 1981년에 그는 대한항공을 사직하고 도미하여 미주 중앙일보 문화 담당 기자로 새 삶을 시작한다. 그리고 1984년, 다시 농업인으로 변신하여 멕시코 땅에 '해바라기 농원'을 설립한다. 한국, 베트남, 미국을 거쳐 결국 멕시코에까지 삶의 반경을 확장한 것이다. 이제 성공한 영농인으로서 사십여 년을 살아오고 있으며 한 해에도 몇 번씩 멕시코와 미국 국경을 넘나든다. 그처럼 다양하고 역동적인 삶을 살아오면서도 시 쓰는 일을 멈추지 않아 그 삶의 자취들이 시 텍스트 속에 고루 스며들어 있다. 그가 경험한 모든 것이 시를 이룬 것이다. 그러나 자서전의 발간은 시집 간행과는 달리, 독자들로 하여금 그의 삶의 이야기들을 속속들이 들여다보고 함께 그 경험을 나누게 한다. 그 점에서 깊은 의미를 지닌다.

김호길 시인의 자서전 발간은 한국계 미국인의 역사를 서술하는 자리에서도 매우 중요한 위치를 점하는 사건이 될 것이다. 한국을 떠나 해외에서 살아가는 사람들을 우리는 교포라고 부른다. 해외 동포라고도 부른다. 공간적으로는 멀리 있지만 피를 함께 하는, 우리의 일부라고 보는 것이다. 자신들의 고향을 떠난 존재라는 의미로 '디아스포라 주체'라고도 부른다. 옛날 유대인들이 고향을 떠나 세계 각국에 흩어져 살게 되었듯이 흩어진 사람들이라는 의미이다. 또 미국에서는 '한국계 미국인'이라는 호칭으로 불린다. 미국이라는 나라는 다민족, 다인종, 다문화 국가인 까닭에 미국 국민은 모두가 인종, 민족성, 문화의 면에서 이질적이고 다양하다. 하지만 동시에 '미국인'이라는 정체성을 부여받아 그 점을 동질성으로 함께 지닌다. 미국 시민으로서의 김호길 시인은 그러므로 한국계 미국인 시인이며 기업인이라고 부르는 것이 마땅하다. 1903년경 인천항을 떠나는 배에 백여 명의 한국인이 승선하여 하와이 사탕수수 농장으로 노동 이민을 떠난 데에서 한국계 미국인의 역사는 시작되었다. 그 뒤를 이어 유학생으로, 파견 근로자로, 또 자발적 이민자로 미국으로 이주한 한국인들의 수는 급격히 늘어나게 되었다. 그러나 한국계 미국인의 삶을 재현한 문학적, 역사적 문서는 그 무수한 삶의 사연들을 충분히 담아내고 있지 못한 것이 현실이었다. 일레인 킴(Elaine Kim)이 주장하듯이 1세대 이민자들은 대개 새로운 환경에서 삶의 터전을 일구는 일에 집중하느라 자신들의 삶을 성찰하고 재현할 시간적, 정신적 여유를 갖지 못하였고 그 결과 이민 1세대의 삶은 주로 그 후손인 1.5세대나 2세대 한국계 미국인이 대신 재현해왔다고 볼 수 있다. 그럼에도 불구하고 예외적으로 자신의 경험과 기억을 직접 기록으로 남긴 이들이 전혀 없는 것은 아니었다. 최근 백년 동안 비공개로 남아 있던 초기 이민자의 글들이 공개되어 그 역사적, 문학적 가치를 인정받게 된 경우가 있다. 하와이 초기 이민자 중의 한 사람이었던 전낙청이라는 인물이 주인공이다. 그가 남긴 글들을 후손들이 보관하고 있다가 공개하면서 그의 글들은 한국계 미국인의 초기 삶의 양상을 보여주는 중요한 문서로 인정받게 되었다. 김호길 시인의 자서전도 그 뒤를 이어 한국계 미국인의 삶을 직접 보여주는 중요한 서사로 남을 것이다. 1983년 김호길 시인이 미국으로 이민하면서 그가 경험한 미국, 그가 개척해 온 삶 또한 매우 소중한 기억일 수밖에 없다. 그의 개인적 기억이 곧 한국계 미국인이라는 공동체의 집단 기억이기도 하므로 더욱 그러하다. 거대한 자본주의 사회의 한 모퉁이에서 인종적 소수자로서 자신의 자리(niche)를 만드는데에 성공했다는 사실 자체가 이미 하나의 영웅담을 이룰만한 일이다. 아니, 낯선 곳에서 자리를 찾아 헤매다 실패했다 할지라도 그 고군분투해온 과정 또한 결코 잊어서는 안되고 기록되어야만 하는 소중한 문화 기억이라 할 수 있다. 필리핀계 미국 작가, 칼로스 불로산

(Carlos Bulosan) 의 소설, 『미국은 내 가슴에 America is in my Heart』를 예로 들면서 그 이유를 설명할 수 있다. 불로산은 불법 이민 노동자로서 미국 서부 해안을 이동해 다니는 육체 노동자의 삶을, 자신이 경험한 그대로 생생하게 소설에 그려내었다. 존 스타인벡 (John Steinbeck)의 『분노의 포도 The Grapes of Wrath』가 서부로 몰려들던 19세기 중반 미국인의 삶을 그리면서 당대의 캘리포니아를 문학으로 보존했다면 불로산은 스타인벡 이후 미국 서부의 풍요를 이루는 데 크게 공헌하면서도 역사가 인식하기를 거부한 존재들을 기록하는 데에 이바지했다. 다시 말해, 공적 역사가 인정해주기를 거부한 노동자들의 존재를 그 망각의 그물을 찢고 기입하는 역할을 담당한 것이다. 김호길 시인의 자서전은 불로산의 전통을 이어받으면서, 이민자들이 개척한 역사의 기록을 완성해나간다. 잊히기 쉬운, 미국 내부의 인종적 민족적 소수자의 삶을 그처럼 기록으로 남김으로써 미국 문화사의 한 페이지를 자신의 것으로 만드는 것이다. 그처럼 김호길 시인의 자서전은 한국계 미국 문학, 혹은 한국의 디아스포라 문학 연구의 장에 크게 기여할 것임이 분명하다.

국내로 눈을 돌리면 자서전의 의미는 더욱 증폭된다. 인구 오천만 명 남짓한 작은 반도의 나라, 남북으로 분단되어 반토막 난 땅에서 일군 경제의 규모가 세계 13위 정도에 이른다고 한다. 최근 들어서는 K 문화라는 이름이 신조어로 등장할 정도로 한국 문화가 세계로 확산하는 속도가 대단하다. 그러한 큰 변화의 물결 가운데에는 역경을 두려워하지 않고 꿈을 향해 돌진해 나간 인물들이 있다. 앞에 요약해본 바와 같이 김호길 시인은 두려움 없이 시대를 앞서가면서 개척 정신을 유감없이 발휘한 인물이다. 그가 시로 남긴 삶의 궤적에서도 독자들은 용감한 기상, 불굴의 의지, 그리고 그 틈에 깃든 휴머니즘과 서정의 향기를 찾아낼 수 있다. 그러나 그의 시들과 함께 자서전을 읽으면서 김호길 시인이 통과해간 세월과 그가 인생을 경영해간 지혜를 직접 이해할 수 있게 될 것이다.

　자서전을 쓰면서 지나온 삶의 나날들을 되돌아보는 김호길 시인의 모습을 보면 거칠고 험난했던, 그러나 보람찼던 긴 항해를 마치고 이제 출발했던 곳을 향해 깃을 내린 채 유유히 비행하면서 돌아오는 갈매기를 보는 듯하다. 기항지로 돌아오는 배 한 척이라고 해도 좋겠다. 이미 김호길 시인은 그런 자신의 모습을 상상하며 시조 「고향생각」에 그 정경을 스케치해두기도 했다.

> 고향은 언제나 내게 꿈이고 또 신앙이다
> 외로울 때나 슬플 때나 메아리로 와서 닿는
> 청솔 숲 뻐꾸기 소리 늘 가슴에 빗고 있다
>
> 항일성 해바라기만큼 그 땅으로 끌리는 마음
> 그날 그 순간만은 만월만한 복일러니
> 어머님 자장가 소리 눈이 절로 감기는…
>
> 오봉산 나락논에서 쫓겨 나온 새떼 같은
> 엮어온 숱한 세월 돌아보면 회한인데
> 뒤뜰에 채마밭 일구는 그런 꿈이 그리워
>
> 고향은 언제나 내게 정이고 또 사랑이다
> 세상사 티끌 속 누벼 마지막 돌아갈 귀항
> 푸른 산 푸른 물빛이 눈에 삼삼이누나.
> ―「고향생각」 전문

　"언제나 내게 꿈이고 또 신앙"이었던 고향 마을, 그 포구에 돌아가 정박하려고 귀항길에 나선 배 한 척을 보라! 결국 "그 땅으로 끌리는 마음"에 떠났던 곳으로 돌아오리라고 이미 김호길 시인은 단언하고 있었다. 그리고 이제 자신에게 선사했던 예언을 실현하고 있다. 이국 땅에서 그처럼 많은 것을 맨손으로 이루어내고서도 고향 아닌 곳의 삶은 언제나 신산할 수 밖에 없었다고 술회하며 자신을 위로한다. 이제 돌아서서 떠나던 날을 돌이켜 보니 떠날 때에는 "쫓겨나온 새떼" 같았더라고 노래한다. "오봉산 나락논에서 쫓겨 나온 새떼"라는 구절을 눈여겨 보자. 그처럼 이민자, 즉 한국계 미국인, 혹은 해외 동포의 삶을 정확하게 꿰뚫는 이미지를 발견하기는 쉽지 않다.

다른 한편으로는 「고향생각」에서 이미 자신의 삶의 상징을 확정해 둔 것을 볼 수 있다. "항일성 해바라기"의 모습이 그의 자화상에 해당한다고 볼 수 있다. 두려움 없이 당당하게 땅에 뿌리 내린 채, 해를 향해 고개 돌리며 가장 풍성한 햇살을 받아 단단한 씨앗을 맺는 삶! 그처럼 김호길 시인의 삶은 해바라기를 닮았다. 김호길 시인은 해를 향해 고개 돌리도록 운명지어진 해바라기라고 자신을 본 것이다. 「해바라기」를 통해 시인의 삶을 다시 한 번 가늠해보자.

갈기를 날리며 구름을 일군
야생마 발굽소리

실한 소리의 메아리
알알이 박혀있다

넉넉히 짐짓 넉넉히
굽어보는 기상으로

풀잎처럼 바람 앞에
쉽게 굴신(屈身)을 않노라

눈과 비 성신의 흐름
도도한 물결조차

거슬러 펼쳐나가는
방패꽃이 되었느니라.

뜻으로 신념으로
한 세상 펼쳐보이는

그대 의지만큼
발돋움해 피어난 꽃

먼 하늘 소망도 가득
흩뿌리고 있어라
　　　－「해바라기」 전문

　이제 자서전을 발간하여 지나온 삶의 궤적들을 서사로 완성함으로
써 김호길 시인은 진정한 의미에서 고향으로 돌아간다. 늘 꿈에 그
리던 대로 오봉산 기슭의 풍성한 황금빛 나락논으로 그는 돌아가려
한다. "돌아보면 회한"이라고 노래했지만 회한만큼 크나큰 보람을
안은 채 귀항의 배, 그 돛을 올리고 있다. 새로운 영토에서 풍성하게
알곡을 심고 거두어 고향으로 돌아온다. 원로 시인으로서, 성공적인
이민자로서, 오붓한 가정의 가장으로서, 또 모범적인 영농 기업인으
로서 가꾸어 온 보람찬 한 생애를 자서전 속에 부리면서 귀항하고
귀향한다. 오랜 항해를 마치고 돌아오는 그 심경을 되새기며 「고향
생각」을 다시 읽어볼 일이다. 고향이 꿈이고 신앙인 이유를 새롭게

되새겨 볼 수 있을 것이다.

2. 높이 날아 멀리 보는 갈매기

비행기 조종사로서의 경험은 김호길 시인의 시 세계에서 큰 몫을 담당한다. 등단작이 「하늘 환상곡」인 데에서 알 수 있듯 그의 삶과 문학은 일찍이 비행기 조종사로서 하늘을 날면서 전개되었다. 달리 비근한 예를 찾기 어려울 만큼 독특한 것이 그의 삶이요 문학이 아닐 수 없다. 경남 사천 바닷가에서 나고 자라 넉넉한 서정성을 지닌 김호길 시인은 경상대학교의 전신인 진주 농업 전문 학교에서 농학을 전공하였다. 그 시절 진주의 유명한 문화 행사인 개천예술제 백일장에서 장원을 함으로써 문명을 드높이기 시작하였다. 전공으로 삼은 것이 농학이었고 집안의 장남으로서 동생들을 돌보는 기둥 역할을 맡았으면서도 김호길 시인의 언어는 참으로 곱고 섬세하였다. 1975년 금강출판사에서 간행된 시인의 첫 시집 『하늘 환상곡』 서문에서 노산 이은상이 극찬한 바 있듯 "비단 명주올처럼 보드랍게 짜내는 서정의 솜씨"를 김호길 시인은 지니고 있었다. 그 시집 후기에 시인은 이렇게 썼다.

나의 시는 민들레꽃같은 얼굴로 이 세상에 나왔습니다. 그러나 그것은 모두 내 영혼의 작업으로 십여 년 동안 가장 맑은 정신으로 쓰여진 것입니다. 며칠 동안 산골짜기를 헤매어서 한 그루 난을 찾아낸 기쁨만큼이나 그 민들레꽃 같은 시를 얻는 기쁨도 비길 데 없습니다 (114면.)

그리고 시인은 조종사라는 직업에 충실한 생활인의 모습을 잃지 않으면서도 시를 찾는 마음을 놓치지 않겠노라고 맹세하였다. 그 첫 시집에 실린 마음처럼 가장 맑은 정신을 유지하면서 김호길 시인은 나머지 인생을 개척해 나갔다. 자서전에서 엿볼 수 있듯 생활인으로서는 원대한 꿈을 지닌 채 두려움 없이 앞서가며 황야에서 길을 여는 모습을 보여주었다. 캘리포니아에 이주한 한국계 미국인의 수가 몇 안 되어 한국인 가게라고는 찾아보기 어렵던 시절, 캘리포니아 로스앤젤레스에서 터전을 마련하였다. 언론인으로 출발하여 기업인으로 변신하면서 두려움 없이 새로운 삶을 열어갔다. 또 무법과 무질서가 횡행하는 멕시코 땅에서 기어이 자신의 농장을 이룩하였다. 자서전에 기록된 삶의 서사만을 따라가자면 대담, 파란만장, 우여곡절, 기개, 패기 등의 어휘로 그의 삶을 스케치하게 된다. 그러나 김호길 시인의 내면 풍경은 그처럼 선이 굵은 삶의 그림과는 사뭇 대조적이기만 하다. 누구보다도 여리고 곱고 예민한 감각의 촉수로 자연을 그려내고 인간 살이의 정을 노래한다. 「하늘 환상곡」 첫 수를 예로 들어보자.

> 임이여, 상기 고운 하나 믿음과 사랑은
> 바람 찬 마음바닥 봄빛처럼 나부껴와
> 끝없이 일구어 내는 아, 홍사(紅砂)의 아지랑이…

또 「구름밭 일기」의 첫 수를 보자.

> 백목련 꽃잎 열 듯 내 어릴적 꽃시절은
> 풀피리 싱그러운 가락도 은은하고
> 다시는 사월 수 없는 놀구름이 타더란다

이역의 하늘을 날면서도 시인의 마음 속에는 언제나 아지랑이 어리고 새로이 꽃잎 여는 백목련의 순결이 간직되어 있었으며 또 가슴 속에서 풀피리 소리 울려 나고 있었음을 볼 수 있다. "풀피리 싱그러운 가락"에는 아직 재건도 개발도 본격적으로 진행되지 않았던 시절의 한반도 풍경을 그려보게 하는 정서가 깃들어 있다. 초정 김상옥 시조의 "이 한 밤 풀피리처럼 그를 그려 울리어라" 구절과 짝을 이루면서 소를 몰고 풀을 꺾어 피리 만들어 불던 50년대, 60년대 청년들의 모습을 향수와 함께 그려보게 한다.

한국 시조 문학사에서 김호길 시인이 지닌 독보적인 위치는 무엇보다도 그가 그런 서정성에만 침몰 되어 머물지 않고 활달한 상승에의 의지와 기상을 보여주었다는 점을 강조할 때 찾을 수 있을 것이다. 조종사로서 하늘을 나는 시인이었던 까닭에 김호길 시인의 시에는 초기작부터 하늘, 봉황, 구름, 놀 등의 심상이 자주 등장하였다. 그 시어들은 텍스트로 하여금 상승의 기운을 가득 머금게 하면서 텍스트의 역동성을 드높인다. 이은상 시인 또한 그 점을 높이 사서 "활달하고 광대무변한 저 하늘의 세계를 시로 구사"한다고 칭찬하였다 (13면.) 「일출」을 읽어보자.

칠흑 깊이 재웠다
바닷물로 헹구었다
구름깃에 닦았다
놀로 활활 불 지폈다

일천겁
금비둘기떼
아,
일제히 튀는 소리
ー「일출」전문

광활한 하늘을 향해 날아오르는 새의 이미지를 제시하면서 "튀는 소리"라는 공감각적 요소까지 동원하여 그 웅장함과 기상을 한껏 펼쳐 보이는 것을 볼 수 있다. 더구나 날아오르는 비둘기가 한두 마리가 아니라 떼를 이루고 있으며 그 빛조차 눈부신 금빛의 비행으로 바꾸어 놓는 것을 볼 수 있다. 식민지 시대를 거치고 전쟁의 폐허를 경험하면서 상실과 체념의 정서에 너무나 익숙했던 것이 당대 한국인들이었으며 그 시대의 문화적 풍토였음을 고려한다면 김호길 시인의 시세계는 참으로 독특하다고 할 수 있다.

이를테면 김호길 시인은 리차드 바크 (Richard Bach)의 『갈매기의 꿈 Jonathan Livingston Seagull』에 등장하는 갈매기 같은 존재였다고 할 수 있다. 높이 나는 새가 멀리 본다고 했듯이 김호길 시인은 높이 날아 멀리 보는 예외적 존재였다. 그의 초기 시에서 그 혜안과 패기의 맹아를 발견할 수 있거니와 자서전 곳곳에 등장하는 삶의 에피소드들은 구체적인 사연으로 이를 뒷받침한다. 그의 시가 제시한 바를 자서전이 구체적으로 설명하고 있는 것과 같다.

3. 시조 종장으로 알뜰히 여문 삶과 꿈

김호길 시인의 삶은 한 수의 시조로 그려볼 수 있다. 시조의 삼장이 전개되는 방식으로 그는 인생을 영위해왔다고 볼 수 있으며 자서전을 쓰면서 한 생을 돌아보는 현재의 시간, 이제 종장을 완성해가는 단계에 이르렀다고 볼 수 있다.

초장은 시상의 도입을 위한 장이다. 이미지가 신선하고 시어가 빛나면서 독자를 텍스트로 유혹하는 장이다. 인생이라면 청춘의 약진을 보여준다. 중장은 시상의 전개와 발전, 그리고 더러는 전환과 대조를 보여주는 장이다. 초장에 도입된 바를 확장하기도 하고 심화하기도 한다. 그러나 때로는 정반대의 방향으로 시상을 끌고 가며 대조와 대비의 미학을 보여주기도 한다. 그럴 때 초장과 중장은 서로 길항하면서 긴장을 생성하게 된다. 인생이라면 중년의 시기를 보여준다. 세계를 확장하기도 하고 청년기의 꿈을 차근차근 이루어내기도 할 때이다. 그러나 때로는 모험을 시도하는 것도 그 시기이다. 그때 모험을 선택하는 삶은 초장에 제시된 길과는 역방향의 길로 치닫는 삶이다. 그리고 마침내 종장에 이르러서는 초, 중장의 시상을 공그르고 마무리하면서 완결된 구조를 드러내어야 한다. 시인이 시적 화자의 목소리로 자신의 인생 철학을 드러내는 것도 종장에 이르러서이다.

김호길 시인의 삶을 한 편의 시조 텍스트로 읽을 때 초장은 「하늘 환상곡」의 세계가 구성하고 있다. 지극히 고운 서정의 언어로 원대한 꿈과 호방한 기상을 드러내고 있다. 대한 항공 조종사로서 하늘을 날며 세계를 누비던 시절, 그리고 그 뒤를 이은 미국 이주의 시기, 캘리포니아에서 한국계 미국인으로서의 새 삶을 시작하여 멕시코 농장 건설에 이르기까지의 시기가 김호길 시인에게는 시조 중장의 시간대에 해당한다고 볼 수 있다. 그리고 멕시코 농장이 번성하고 안정기에 든 이후 김호길 시인은 종장을 향해 또 한 번 전환한다. 시조에 대한 한결같은 사랑으로 국내 시조단을 돕는 일을 시작하여 『시조 월드』를 오랫동안 발간하는 일에 헌신하였다. 어린이 시조 시인 양성에도 공을 들였다. 근검 절약을 생활 신조로 삼아 자신에게는 한 없이 엄격한 삶을 영위해왔으나 시조단을 경제적으로 지원하는 데에는 인색함이 없었다. 그리고 창작의 꿈을 지켜가면서 자신만의 고유한 경험과 기억을 시조와 자유시의 형식으로 재현해 내는 일을 멈추지 않았다. 국제적 기업인이면서, 그의 정과 꿈은 고국에 묻혀 있어 해마다 또 한국을 찾는다. 미국 자본주의 시장에서 자신의 위치를 확실하게 정하는 일은 쉽지 않았을 것이지만 김호길 시인은 맨손으로 그 어려운 역사를 이루어내었다. 그러면서도 그는 여전히 서정시인이다. 그 도전과 모험과 성취의 시간들이 시로, 또 자서전으로 머물고 있다. 모국어를 통하여 더욱 절실해지는 소중한 기억들이 후기 작품들의 중요한 모티프를 이루고 있다고 볼 수 있다.

또한 시조 종장으로 드러난 김호길 시인의 삶에는 고독, 초월, 그리고 달관의 정서가 강하게 배어있다. 고국이 아닌 곳에서 새롭게 뿌리 내리는 자신의 모습을 사막의 선인장에 비유하기도 한다. 밤이면 그 사막에서도 풀벌레들은 모여들어 울고, 더러 달 밝은 밤에는 코요테가 집 주변에 나타나기도 한다. 그럴 때, 잦아든 바람결에 김호길 시인은 다시 시인으로서의 자신의 본 모습을 되찾아 시를 쓴다.

> 사구(砂丘)를 지우고 일구는
> 매운 바람도 자고
> 온갖 살아있는 것들이
> 탄주하는 노래의 장강(長江)
> 어쩌면 시의 고향을
> 찾아볼 수 있겠네
> ―「사막抄」 부분

고독이 사무칠 때에는 유배자의 노래를 부르기도 한다. 스스로 디아스포라 주체의 삶을 선택했지만 그런 자신의 모습에서 다산 정약용 같은 유배자의 모습을 찾아보기도 한다. 다산은 달 밝은 밤, 초당 지붕 위에 열린 박을 보며 외로움을 달랬을 터이나 김호길 시인은 멕시코의 한 없이 붉고 또 섬찟하리만치 푸른 잎 속에서 고독이 강조되는 것을 본다. 박새와 친구 되어 절망 속에서 소금꽃을 피우리라는 시심을 키워간다.

> 다산(茶山)이 그러하듯
> 난 분명 유배를 왔는데
> 꽃은 왜 저리 붉고
> 잎은 왜 저리 푸르나
> 그 예쁜 박새가 추녀 밑에
> 둥지 틀고 사는 천국.
>
> 운명이 운명 밖으로
> 유배를 보낸 건 틀림없네.
> 삼십년 열사의 땅에
> 내가 무얼 갈고 있나
> 처절한 절망이 다하면
> 화알짝 피어난 소금 꽃.
> ―「사막시편―유배」 전문

또, 흔들 의자에 앉은 채 흔들리며 펼쳐지는 새로운 시공간의 의미를 묻기도 한다. 지나간 시간들을 돌이켜보면 회한이 없을 수 있겠느냐고 일찌감치 스스로 예언한 적 있던 시인이다. 그런 그가 이제 어쩔 수 없이 흘러간 시간을 다시금 새로운 시각에서 헤아리고 있는 것을 보여준다. 한 곳에 터 잡고 사는 사람들에게는 평평하게 보일 수도 있는 지구를 김호길 시인은 언제나 별, 혹은 둥근 별이라고 부른다. 지구를 한 바퀴 돌아서 출발했던 곳으로 돌아오는 비행사의 경험에 비추어보면 지구는 당연히 둥근 별이다. 또, 지구 어느 한 지점에 머무는 법이 없이 언제나 새로운 영토를 찾아 꿈을 펼쳐왔던 유목민(nomad)적인 삶의 습관이 지구별을 더욱 둥글게 인식하게 하는 것임에 틀림없다. 이제 거기에 더하여 흔들의자 위에서 흔들리며 낮달을 보고 하늘을 보자고 시인은 노래한다.

> 지구 둥근 별 위에 흔들의자 흔들린다
> 건너 산 머언 풍경 함께 따라 흔들린다
> 낮달도 하늘도 따라 흔들림을 키운다
>
> 사무친 한 세월은 저만치 밀쳐두고
> 오직 흔들림으로 피어나는 금빛 새로
> 꿈꾸듯 무지개 빛살 하늘 기슭 내린다
> ―「흔들 의자」 전문

앞서 밝힌 바와 같이 김호길 시인의 시들과 이번에 발간되는 자서전을 통하여 독자들은 일제 식민지 시대를 거쳐 해방, 분단, 전쟁, 그리고 재건을 거치면서 어렵게 빚어진 한국 현대사를 다시 체험할 수 있을 것이다. 그러나 더욱 유심히 살펴 보아야 할 것은 김호길 시인의 삶과 꿈, 그 자체임에 틀림없다. 누구보다도 용감하고 도전적인 모습으로 자신만의 꿈을 좇아 살아온 한 시인이 이제 자서전을 완성하였다. 김호길 시인의 시집들과 자서전을 나란히 펼치고 그의 시와 삶과 꿈들을 다시 그려볼 일이다. 흔들리면서도 멈춘 적 없이 앞으로 나아간 삶, 그리고 그 원대했던 꿈이 무지개 색깔로 펼쳐질 것이다. 그처럼 환한 빛무리 속에 묵묵히 걷고 있는 한 인생이 독자의 눈앞에 선명한 윤곽으로 드러날 것이다.

인용문헌
김호길, 『하늘환상곡』 금강출판사, 1975.

시와정신
글로벌신서
_002

Paradise
멀고 먼 파라다이스

ⓒ김호길, 2025

초판 1쇄 | 2025년 5월 10일

지 은 이 | 김호길
펴 낸 곳 | 시와정신사
주   소 | (34445) 대전광역시 대덕구 대전로1019번길 28-7

전   화 | (042) 320-7845
전   송 | 0504-018-4024
홈페이지 | www.siwajeongsin.com
전자우편 | siwajeongsin@hanmail.net

공 급 처 | (주)북센 (031) 955-6777
             경기 파주시 문발로 77(문발동)

ISBN 979-11-89282-76-9   03810

값 22,000원